U0060216

江南詩選

楊塵 ｜ 著

楊塵攝影文集08

緣起

　　古人云：「讀萬卷書，行萬里路。」的確，本書編選的詩，都和江南歷史上的人、事、時、地、物有關，而配圖用的照片也絕大多數都在江南實地旅訪中拍攝。詩是心中言語，儘管文字表述的格式和形態歷經歷史沿革，詩人創作的作品和他所涉獵的時空息息相關，我們若有機會實地造訪詩人經歷的場景，即便身處不同的年代，當更能體會詩人的語境。今人註解古詩除了客觀的歷史事實，很大程度依靠譯者主觀的思想和生活哲學，而這又和個人的人生閱歷有關。緣於職場的起落和人際的親疏，以及江南多年的遊走和閱歷，透過自己的直觀和感悟，本人試圖著去貼近詩人的胸中丘壑，用現代白話語意去釋義古人的詩句，希望這樣的努力可以更真確地表述詩人的原意，這也是我出版此書最大的心願。

序

　　江南是中國特有的一個地理位置，也標誌著來自南方獨特的人文風采，它更象徵著一種典雅細緻的生活內涵，同時承襲了古人的美學和價值觀，營造與大自然和諧共處的一種生活形態。

　　因為歷經朝代更迭，歷史上的江南在各朝的行政劃分和管轄範圍也差異甚大，但概念上的江南在歷史上曾經幅員廣大。東周春秋時代開始出現「江南」地區的概念，指的是當時吳、越諸侯國的領地，大約是今江蘇省、浙江省、安徽省這一帶。秦朝時設郡縣，江南隸屬於黔中郡，指的是今湖南省、湖北省南部和江西省部分地區。東漢王莽時設有江南縣，範圍在今湖北宜都地區。晉、隋之時，江南指的是今湖南省、湖北省一帶。唐太宗時設立江南道，其範圍大約包括長江中下游地區的江西、湖南、湖北長江以南的部分，唐玄宗時江南道又分成黔中道、江南西道、江南東道，其中江南東道範圍在今福建省、浙江省、江蘇省南部、安徽省南部，江南西道大約是今江西省全境。宋朝時改道為路，江南路包括江西省全境和安徽省南部，此時期的江蘇省和浙江省則隸屬於兩浙路。元、明之時行政劃分沿用舊制，清朝初期時設立江南省，範圍大體包括江蘇省和安徽省，清朝後期廢江南省，分設江蘇省和安徽省。

　　歷經歷史諸多沿革，總結廣義上的江南大致指長江以南，三峽以東，南嶺以北，武夷山以西的廣大地區，亦即湖北、安徽、江蘇的長江以南部分和江西、浙江、湖南等地區。狹義的江南多指長江中下游平原的南岸地區，包括上海市、江蘇省的南部地區即蘇州、無錫、常州、鎮江、南京、浙江省的嘉興、紹興、寧波、杭州、湖州、安徽省的馬鞍山、蕪湖、宣城、黃山、銅陵、池州、安慶、江西省的九江、上饒、景德鎮等地。這些城市就像眾星拱月一樣，環繞著

中國兩大淡水湖太湖、鄱陽湖而分布，長江和太湖就像這些城市的動脈血管和心臟一樣，透過無數的河流和水道灌溉農田，養殖魚蝦和輸送物資，生生不息地滋養著這片風景秀麗的江南水鄉。

除了地理上的江南，江南在諸多概念上的定義也相當複雜，有歷史上的江南、經濟上的江南、氣候上的江南、飲食上的江南、生活習俗上的江南、文化上的江南、意象上的江南等等。在浩瀚的中國歷史長河裡，詩的發展淵遠流長，自先秦以降傳承至今，數量龐大，遍布廣闊，本書名為《江南詩選》，挑選歷朝各代以廣義江南的人、事、時、地、物為寫作內容的古詩和現代詩加以編註，是屬於歷史和文學概念上的江南。本人自幼喜歡中國歷史、文學、詩詞，年長後有機會在廣義上的江南遊歷並用相機記錄了江南的山水人文、歷史古蹟和生活風貌，因此在本書詩選的每篇文中搭配符合詩中意境的照片，其中大部分照片也是詩中描述的實際地點，希望透過照片能輝映詩文的情境，讓讀者有「詩中有畫，畫中有詩」的感覺。

行走江南各處，沉浸於江南山水人文，常常驚豔於當下的美景和風情，正感嘆不知如何描述和表達時，忽然腦中蹦出古人的詩句，一下就豁然開朗，找到答案，真是令人有陸游「山窮水復疑無路，柳暗花明又一春」的感覺。雖然與古人相隔千年，但是面對同一情景，常常有李白「今人不見古時月，今月曾經照古人」的感悟，總覺得即便時光流轉，生活形態變遷，人的心意依然今古相通，昔日詩人創作的不朽詩篇彷彿就在眼前吟詠歌誦。

楊塵

2024.1.1 於蘇州

目錄

江南

作者：佚名

江南可採蓮，蓮葉何田田，魚戲蓮葉間。
魚戲蓮葉東，魚戲蓮葉西，
魚戲蓮葉南，魚戲蓮葉北。

註解：何：多麼、何其、何等。田田：蓮葉茂盛相連之狀。

背景：此詩出自漢樂府，由宋人郭茂倩收集整理，收錄在其編著的《樂府詩集》中，它是描述江南人民採蓮伴隨魚兒在水中悠游歡快的情景，也是一首江南民歌，作者已不可考。

譯文：江南可以採蓮子，水上的蓮葉茂盛連成一片，魚在蓮葉中間悠游嬉戲，一下往東，一下往西，一下往南，一下往北，游來游去，非常可愛。

晉

飲酒·其五

作者：東晉 陶淵明

結廬在人境，而無車馬喧。
問君何能爾？心遠地自偏。
採菊東籬下，悠然見南山。
山氣日夕佳，飛鳥相與還。
此中有真意，欲辯已忘言。

註解：結廬：建造住宅，此指居住。車馬喧：指世俗交往的喧擾。君：
　　　指詩人自己。爾：如此、這樣。籬：籬落、籬笆。悠然：悠閒
　　　自得的樣子。南山：泛指山嶺。日夕：傍晚。相與：結伴。還：
　　　歸來。

背景：陶淵明，又名潛，東晉詩人，潯陽柴桑（今江西九江）人，別
　　　號五柳先生，中國田園詩人的鼻祖，也是隱逸詩人的宗師。年
　　　輕時做過一些小官，中年之後，因不屑與迂腐官僚同流合污，
　　　不爲五斗米折腰，作《歸去來兮辭》，解印辭官，像一隻倦飛
　　　的小鳥歸巢一樣，開始了他歸隱田園的生活；期間他總共作了
　　　飲酒詩二十首，這首詩大約是創作於公元 417 年即陶淵明歸隱
　　　老家後的第十二年，此時正值東晉快要滅亡的前夕。

譯文：居住在人世間，而沒有世俗的喧擾，自問爲何能做到呢？其實
　　　人的心志高遠了，自然覺得所處的地方就僻靜了。平時在東邊
　　　的籬笆下採些菊花回來插瓶，沒事在草坡上悠閒地眺望遠山，
　　　山中空氣清新傍晚的景色美好，小鳥結伴還巢歸來，這其中有
　　　人生眞正的意義，此刻想要說出來，卻不知如何去表達。

擬行路難 · 其四

作者：南北朝 鮑照

瀉水置平地，各自東西南北流。
人生亦有命，安能行嘆復坐愁？
酌酒以自寬，舉杯斷絕歌路難。
心非木石豈無感？吞聲躑躅不敢言。

註解：擬：仿照、模擬、起草。行路難：樂府雜曲，原是漢代歌謠，後人填以新詞，用來歌唱。瀉：傾注、流泄。酌酒：喝酒。寬：寬慰。路難：即《行路難》樂府古曲。躑躅：徘徊不前。

背景：鮑照，出生於京口（今江蘇鎮江），南北朝時代南朝宋詩人，曾任衛軍參軍，世稱鮑參軍，與顏延之、謝靈運並稱「元嘉三大家」，與北周（原南梁）庾信並稱「鮑庾」，其詩風俊逸奔放，對後世李白影響很大。

譯文：把一杯水往地上一倒，它就散落往東西南北不同的方向流動，這就像人各有天命富貴貧賤不同，怎能整天走著嘆息又坐著發愁如此怨天尤人呢？喝些酒來寬慰自己吧！舉杯欲飲中斷了唱到一半的《行路難》，人心並非樹木石頭豈能沒有感傷？但是時勢無奈，我無力改變，只能忍氣吞聲獨自徘徊不敢再說什麼。

擬行路難 · 其六

作者：南北朝 鮑照

對案不能食，拔劍擊柱長嘆息。
丈夫生世會幾時，安能蹀躞垂羽翼？
棄置罷官去，還家自休息。
朝出與親辭，暮還在親側。
弄兒床前戲，看婦機中織。
自古聖賢盡貧賤，何況我輩孤且直。

註解：擬行路難：模擬漢樂府雜曲歌詞《行路難》而作的詩。案：置放食物的小几，古代的一種餐盤。幾時：多久。安能：怎能。蹀躞：往來徘徊、小步走路，此指裹足不前。垂羽翼：垂著翅膀不飛翔。弄兒：逗小孩。機：織布機。

背景：鮑照，南北朝時代南朝宋詩人，曾任衛軍參軍，世稱「鮑參軍」，他所處的時代戰亂頻繁，政治紛爭，詩人雖有抱負但寒門出身有志難伸，心中憤懣不平，寫詩詠懷，其中《擬行路難》共十八首是其代表作。

譯文：對著席案上的餐食吃不下去，拔劍對著柱子揮舞發出長長的嘆息，大丈夫在世一輩子能多久，怎能裹足不前像雄鷹收起翅膀而不飛翔呢？既然仕途不如意，不如罷官辭職不幹，回家修養生息，早上出門與家人辭別，晚上還能回家與親人團聚，在床前逗小孩玩遊戲，看著妻子在織布機前織布，自古以來聖賢都生活得貧賤，何況我這樣清高孤寒而且正直之人呢！

贈范曄

作者：南北朝 陸凱

折花逢驛使，寄與隴頭人。
江南無所有，聊贈一枝春。

註解：范曄：南北朝南朝宋著名文學家，《後漢書》的作者，陸凱的
朋友。驛使：古代傳遞官府文書之人。隴頭：即隴山，在今陝
西隴縣西北。隴頭人此指友人范曄。贈：贈送。春：春花，此
指梅花。

背景：陸凱，南北朝北魏詩人，征戰南方路過梅嶺，正值梅花盛開想
起北方隴頭友人范曄，而正好又碰上要北去的驛使，就折梅賦
詩贈友，表達遙遠殷切的情意。

譯文：路過梅嶺梅花盛開，剛好碰上要北去的驛使，想要寄信給隴山
好友，而此刻我羈旅江南沒什麼東西好贈送，就折一枝春花附
上，聊表我對你思念的情意。

王孫遊

作者：南北朝 謝朓

綠草蔓如絲，雜樹紅英發。
無論君不歸，君歸芳已歇。

註解：王孫：諸侯王之子孫，亦泛指貴族子弟或一般青年男子。蔓：
　　　蔓延。英：花。無論：莫言。君：你，女子思念之人。歇：盡，
　　　此意為凋落。

背景：謝朓，字玄暉，南齊詩人，田園詩派的開創者，這是他創作的
　　　一首樂府詩，描述暮春時節女子思君之情景。

譯文：綠草像絲一樣地蔓延，各種樹上都開滿了花朵，不要說你不回
　　　來，等你回來時恐怕花都已經凋謝了。

遊東田

作者：南北朝 謝朓

戚戚苦無悰，攜手共行樂。
尋雲陟累榭，隨山望菌閣。
遠樹暖阡阡，生煙紛漠漠。
魚戲新荷動，鳥散餘花落。
不對芳春酒，還望青山郭。

註解：東田：南北朝時南朝齊太子蕭長懋在鍾山（今南京紫金山）下建的樓館。戚戚：憂愁之貌。悰：快樂、心情。行樂：遊玩。尋雲：登高看雲。陟：登、上。累榭：重重疊疊的閣樓。

菌閣：閣樓四周種有菌、蕾之類的香草，比喻華美的閣樓。阡阡：同芊芊，茂盛之貌。漠漠：瀰漫、散布之貌。餘花：殘餘的花朵。芳春酒：芳香的美酒。郭：外城。

背景：謝朓，字玄暉，南北朝時代南齊著名的田園山水詩人，與謝靈運同族，人稱「小謝」，詩風清新雋永，曾任宣城（今安徽宣城）太守，世稱謝宣城，日後影響李白深遠。

譯文：我憂愁苦無心情，邀了一些朋友一同到東田遊玩，尋著雲彩一路登上重重疊疊的樓榭，順著山勢眺望華美錯落的台閣，遠處的樹木蒼蔥鬱鬱，而山林籠罩在一片霧靄之中，魚在水中嬉戲觸動了新長的荷葉，群鳥飛散時抖落的殘花在空中飄灑，此刻已無暇啜飲美酒，望著城外的青山就已然陶醉。

早梅

作者：南北朝 謝燮

迎春故早發，獨自不疑寒。
畏落眾花后，無人別意看。

註解：發：開花。疑：害怕。畏：畏懼。別意：特別注意。

背景：謝燮，南北朝時代南朝陳詩人，此詩作者表達害怕懷才不遇，
　　　因此更應積極奮發的心境。

譯文：梅花為了迎接春天所以及早開花，獨自挺立不畏懼嚴寒，恐怕
　　　比其它花開晚了，就沒有人特別注意看了。

相送

作者：南北朝 何遜

客心已百念，孤遊重千里。
江暗雨欲來，浪白風初起。

註解：客心：異鄉作客的心情。孤：獨自一人。

背景：何遜，南北朝時代南朝梁詩人，一生仕途不順，到處奔波，羈
旅飄泊，在一次朋友相送之時，心中百感交集，寫下此詩。

譯文：仕途羈旅，在他鄉作客歷經人情冷暖早已百感交集，朋友相聚，
分別之後又要孤獨一人面對重重艱辛的遙遠旅程，江面昏暗，
山雨馬上就要降臨，此刻心中激動洶湧的愁緒，猶如江風翻起
的白浪滔滔而來。

薇山亭賦韻

作者：南北朝 江總

心逐南雲逝，形隨北雁來。
故鄉籬下菊，今日幾花開。

註解：薇山亭賦韻：詩名，原名是《于長安歸還揚州九月九日行薇山
　　　亭賦韻》。薇山亭：亭名，位址不詳。賦韻：賦詩。逐：追趕。
　　　逝：去。形：身子。籬：籬笆。

背景：江總，南北朝時代南朝陳詩人，晚年從長安歸還江都（今江蘇
　　　揚州）路過薇山亭時正值重陽節，有感而發寫下此詩。

譯文：內心追逐南方的雲彩而去，身子隨著北方的大雁歸來。此刻故
　　　鄉籬笆下的菊花，不知開得怎麼樣了？

詔問山中何所有賦詩以答

作者：南北朝 陶弘景

山中何所有，嶺上白雲多。
只可自怡悅，不堪持贈君。

註解：詔：皇帝（南齊高帝）的詔書。賦詩：作詩。君：指南齊高帝。

背景：陶弘景，丹陽秣陵（今江蘇南京）人，南北朝南齊、梁時煉丹家、醫藥學家，道家上清派茅山宗的創始人。他曾在南齊朝廷當官後隱居句容句曲山（今江蘇茅山），至梁武帝時他拒不出仕，但書信往來頻繁，有山中宰相之稱。這是陶弘景辭官隱居茅山之後答覆南齊高帝詔書所寫的一首詩，表達他隱居之日怡然自得不戀棧鐘鳴鼎食和功名利祿的心境。

譯文：你問我住的山中有什麼呢？嶺上最多的是白雲悠悠，不過這只能我自己怡情悅性，無法拿去贈送給您陛下啊！

重別周尚書

作者：南北朝 庾信

陽關萬里道，不見一人歸。
唯有河邊雁，秋來向南飛。

註解：周尚書：周弘正，南朝梁元帝時任左戶尚書，庾信的同僚朋友。
陽關：在今甘肅敦煌之西，東漢班超征戰出使西域多年，老年
思鄉上疏回朝，庾信被滯留長安不得返家，故用此典故，此處
陽關代指長安。一人：指詩人自己。

背景：庾信，南北朝時代南朝梁著名文學家，世稱庾開府，文學詩賦
風格融合南北，對後世李白、杜甫等人有很深的影響。庾信於
南朝梁武帝時出使北朝西魏，後來南梁被西魏所滅，他被強行
滯留長安，西魏後來被北齊、北周取代，而南梁被南陳取代，
北周和南陳通好，許多南朝被俘的官員（尚書周弘正為其中之
一）得以南歸返鄉，唯獨王褒、庾信兩人不得遣返，庾信送別
周弘正時慨歎自己羈留難回，傷感地寫下此詩。

譯文：羈留長安離故鄉萬里之遙，在此送別友人歸去，而我庾信自己
卻不得返回故國，真想何時能像那河邊的大雁，秋天一到振翅
向南飛去。

寄王琳

作者：南北朝 庾信

玉關道路遠，金陵信使疏。
獨下千行淚，開君萬里書。

註解：王琳：南朝梁將領，庾信的好友。玉關：玉門關（在今甘肅敦
煌之西）。東漢班超征戰出使西域共三十一年，年老思鄉，上
疏恩請還朝，庾信滯留北方異鄉多年不能南返，故用此典故。
金陵：南朝梁之首都建康（今南京）。千行淚：淚流不止。君：
指王琳。

背景：庾信，南北朝時代南朝梁著名的詩人，少有文才，官至右衛將軍，梁元帝時奉命出使北朝西魏，之後南梁爲西魏所滅，他被強迫滯留長安不許南歸故國，一次收到好友王琳來信，激動淚流寫下此詩。

譯文：滯留北方多年故鄉離此路途遙遠，從故國首都金陵來的信使已經稀少，收到王琳你的來信，要打開拜讀之前，我已激動得獨自流下千行眼淚。

滕王閣

作者：唐 王勃

滕王高閣臨江渚，佩玉鳴鸞罷歌舞。
畫棟朝飛南浦雲，珠簾暮捲西山雨。
閒雲潭影日悠悠，物換星移幾度秋。
閣中帝子今何在，檻外長江空自流。

註解：滕王閣：江南三大名樓之一，故址在今江西南昌贛江之濱，唐太宗李世民的小弟滕王李元嬰在洪州（今江西南昌）都督任內於公元 653 年所建，故名；歷史上多次毀壞又重建，今滕王閣是根據民初建築家梁思成的圖紙於現代修建。江渚：贛江中沙洲。佩玉鳴鸞：舞者身上佩戴的玉飾和響鈴。畫棟：彩繪的樓閣棟梁。南浦：地名，在今南昌市西南。浦：水邊或河流入海之地。西山：南昌西邊的山。悠悠：悠閒自在。物換星移：形容時空之變遷。帝子：皇帝子嗣，此指滕王李元嬰。檻：欄杆。長江：此指贛江，贛江匯入鄱陽湖後亦通長江。

背景：王勃，字子安，唐代詩人，初唐四傑之一，少年英才，公元675 年秋他前往交趾（唐代交趾郡，在今越南境內）探望父親，途經洪州（今江西南昌）參與都督閻伯嶼在滕王閣舉辦的重陽節宴會，即席作了一篇《滕王閣序》其中名句「落霞與孤鶩齊飛，秋水共長天一色」驚豔四座，而此詩即附在序末，這詩賦一出，傳誦至今，永垂不朽。

譯文：滕王閣高高地佇立于贛江沙洲之濱，當年佩戴玉飾和響鈴的華麗歌舞已不復存在，在這雕梁畫棟的閣樓上早晨可以眺望南浦的彩霞紛飛，傍晚捲起窗扉的珠簾能夠欣賞西山的細雨瀟瀟，白雲映著水面的倒影每日悠閒浮蕩，時空更換人事變遷已不知度過多少個春秋，如今修建滕王閣的李元嬰在哪裡呢？欄杆之外也只剩滔滔的江水獨自流逝。

春江花月夜

作者：唐　張若虛

春江潮水連海平，海上明月共潮生。
灩灩隨波千萬里，何處春江無明月。
江流宛轉繞芳甸，月照花林皆似霰。
空裡流霜不覺飛，汀上白沙看不見。
江天一色無纖塵，皎皎空中孤月輪。
江畔何人初見月？江月何年初照人？
人生代代無窮已，江月年年望相似。
不知江月待何人，但見長江送流水。
白雲一片去悠悠，清楓浦上不勝愁。
誰家今夜扁舟子？何處相思明月樓？
可憐樓上月徘徊，應照離人妝鏡台。
玉戶簾中捲不去，搗衣砧中拂還來。
此時相望不相聞，願逐月華流照君。
鴻雁長飛光不度，魚龍潛躍水成文。
昨夜閒潭夢落花，可憐春半不還家。
江水流春去欲盡，江潭落月復西斜。
斜月沉沉藏海霧，碣石瀟湘無限路。
不知乘月幾人歸，落月搖情滿江樹。

註解：海上：寬闊的江上。灩灩：波光蕩漾之貌。芳甸：開滿花草的
　　　郊野。霰：寒天降落的小冰粒，此形容花的晶瑩潔白。流霜：
　　　從天而降的白霜，此形容月光皎潔。汀：水中沙洲。纖塵：微
　　　細的灰塵。月輪：月亮。窮已：窮盡。望相似：一作只相似。
　　　清楓浦：泛指離別之地，此引用《楚辭・招魂》中的離別意象。
　　　扁舟：小船。明月樓：月夜下的閨樓。離人：指思婦。玉戶：

華麗的閣樓。擣衣砧：擣衣石。文：波紋。碣石：即碣石山，在渤海邊上，一說在山東無棣縣，一說在河北昌黎縣。瀟湘：瀟水和湘江在湖南永州零陵匯流，合稱瀟湘。乘月：趁著月光。

背景：張若虛，揚州（今江蘇揚州）人，初唐後期詩人，曾任兗州兵曹，與賀知章、張旭、包融並稱「吳中四士」。本詩乃作者沿用南朝陳、隋樂府舊題而創作，為其代表作，有「孤篇壓全唐」的美譽，詩中描寫的地點有爭議，但可能位於揚州附近的揚子江畔，至今沒有定論。

譯文：春天的江潮和海水連成一片，一輪明月從江海交接之處升起，月夜的波光蕩漾浩淼千里，每條春江上都映著明月，流水蜿蜒繞著開滿花草的郊野，月光照著樹林的花朵好像晶瑩的雪珠閃爍，月色如霜安靜流瀉沒感覺有霜飛灑，小洲上的白沙和月色連成一片無法分辨虛實，江水和天空色調一致看不見任何灰塵。皎潔的天空只有一輪孤月高懸，江邊是什麼人最初看到月亮呢？江上的明月又是哪一年開始照耀著人呢？人生世世代代無窮無盡，只有江上的明月每年看起來都一樣，不知江上的月亮在等什麼人，只看見長江的流水滔滔而逝。遊子像白雲一片緩緩離去，清楓浦上只剩思婦不勝憂愁，今夜誰家的遊子駕一葉扁舟到處飄泊？哪裡的閨房樓台思婦在月下獨自相思？（女：）可憐的我和樓上不停徘徊的月亮一樣夜不能寐，而你原本應該像月光照著我的梳妝台一樣在家共枕同眠，月光照在我閣樓的窗簾上捲不走，照在我的擣衣石上也拂拭不去，這時我和月亮只能相望但彼此不能互相傳遞，但願我能隨著月光流動前去照耀你。可你像鴻雁無法飛越這片無窮的月色前來與我相會，魚龍潛浮躍出水面激起陣陣波紋是我不能平靜的思念。（男：）昨夜夢見花落閒潭，可憐春天已過了一半我還不能回家，春天像流水逝去就要結束，今夜江潭上的明月也即將西斜落下，下沉的明月已經漸漸藏入海面的霧靄裡，我們就像碣石和瀟湘兩地思念的離人南北相隔無限遙遠，不知天下有幾個遊子能趁著月光回家相聚，此刻只有曉風殘月搖蕩著離情灑滿了江岸的樹林。

漁歌子

作者：唐　張志和

西塞山前白鷺飛，桃花流水鱖魚肥。
青箬笠，綠蓑衣，斜風細雨不須歸。

註解：漁歌子：唐教坊曲名，後亦作詞牌名。西塞山：在今浙江湖州
　　　西面。箬笠：用竹篾和箬葉編製的斗笠。蓑衣：用草或棕麻編
　　　織的雨衣。

背景：張志和，號玄真子，婺州（今浙江金華）人，唐代詩人，唐肅宗
　　　年間曾待詔翰林，任左金吾衛參事，後因事被貶，浪跡三江五
　　　湖，自稱「煙波釣徒」，後歸隱越州會稽（今浙江紹興）。公
　　　元773～774年，書法家顏真卿任湖州刺史時與張志和常有往來，
　　　《漁歌子》五首即是在此時寫作，張志和亦擅長山水畫，常酒
　　　酣乘興，足蹈放歌，舞筆飛墨，驚愕四座。《漁歌子》問世後
　　　不到二十年即傳到日本，受天皇讚賞並和詩，在日本廣爲流傳。

譯文：西塞山前白鷺飛翔，春天的桃花逐著流水此時鱖魚正肥，戴著
　　　斗笠穿著蓑衣獨釣江上，這樣自由自在的生活，即便颱風下雨
　　　也不急著回家。

題大庾嶺北驛

作者：唐 宋之問

陽月南飛雁，傳聞至此回。
我行殊未已，何日復歸來。
江靜潮初落，林昏瘴不開。
明朝望鄉處，應見隴頭梅。

註解：大庾嶺：在江西、廣東交界處，為南嶺中的五嶺之一。北驛：
　　　大庾嶺北邊的驛站。陽月：農曆十月。殊：實在，特別。已：
　　　停止。瘴：南方濕熱山林中散發的有害氣體。望鄉處：遙望故
　　　鄉之處，指站在大庾嶺上。隴頭梅：大庾嶺上梅樹多，其中一
　　　段又名梅嶺，南北朝時代南朝梁詩人陸凱有：「折梅逢驛使，
　　　寄與隴頭人」的詩句，此意指欲寄給親人嶺上梅花。

背景：大庾嶺自古是文人的傷心嶺，也是唐代文明和野蠻的分界線，
　　　大庾嶺之南稱嶺南，自古是蠻荒之地，瘴癘之氣瀰漫，毒蟲猛
　　　獸橫行，被貶的文官至此常常九死一生，生還渺茫。宋之問，
　　　唐代著名詩人，唐中宗年間公元 705 年他被貶謫發配嶺南（五
　　　嶺之南）瀧州（今廣東羅定），行至大庾嶺北邊驛站時，有感
　　　故作此詩。

譯文：陰曆十月南飛越冬的大雁，傳聞到大庾嶺等隔春就要北返，而
　　　我身不由己貶謫的行程實在停不下來，也不知何日才能返回，
　　　江面的潮水剛退靜默無聲，山林昏暗瀰漫著瘴癘之氣，我想明
　　　天一早登上大庾嶺向北眺望故鄉之時，嶺頭上能有梅花開著，
　　　可以效法詩人陸凱折一枝送給遠方的親友用以表達無盡的思
　　　念。

渡漢江

作者：唐 宋之問

嶺外音書絕，經冬復立春。
近鄉情更怯，不敢問來人。

註解：漢江：即漢水，發源於陝西，在湖北漢陽匯入長江，自古是關
中和江南南北交通的要道。嶺外：即嶺南，指大庾嶺之南，大
庾嶺爲五嶺之一，在今江西、廣東交界，自古文官被貶至嶺南
蠻荒之地九死一生，是名符其實的傷心斷魂處。絕：一作斷。怯：
膽怯、害怕。

背景：宋之問，初唐著名詩人，擅長五言律詩，在從古體詩演進到近
體詩的創作上有很大的貢獻。武則天朝時他受寵一時，唐中宗
時被貶瀧州（今廣東羅定），公元 705 年發配初冬進入嶺南，
但隔年春天又從嶺南逃回洛陽，本詩即是他渡漢江欲北上時有
感而作。另本詩作者一作李頻，蘅塘退士編選的《唐詩三百首》
雖然把本詩作者列爲李頻，但頗有爭議。

譯文：我被發配到嶺南之後家書都斷絕了，在蠻荒之地度過了一個冬
天，如今歸返回到漢江都已是春天了，這裡離朝廷洛陽更近可
是我卻心中忐忑不安起來，雖然很想知道家裡的消息但是不敢
向從家鄉過來的人詢問。

秋日登吳公台上寺遠眺

作者：唐 劉長卿

古台搖落後，秋入望鄉心。
野寺來人少，雲峰隔水深。
夕陽依舊壘，寒磬滿空林。
惆悵南朝事，長江獨自吟。

註解：吳公台：故址在今江蘇省揚州邗江區，南朝宋時所築的弩台，
　　　後來南朝陳名將吳明徹在此增築高台圍攻北齊，故名。古台：
　　　即吳公台。搖落：凋落。野寺：指吳公台上寺院。舊壘：指吳
　　　公台上之軍事壁壘。磬：寺院內用於報時和集會通知的敲擊法
　　　器。南朝：南北朝時南朝有宋、齊、梁、陳四國。

背景：公元 755 年安史之亂爆發後，劉長卿從洛陽避難流徙到江蘇揚
　　　州一帶，於某個秋日登上吳公台，懷思古幽情遂作此詩。

譯文：登上吳公台此地已經毀敗凋落，秋風瑟瑟向北眺望思念起故
　　　鄉，古台上的寺院沒什麼人跡，隔著江水遙看遠處青山白雲繚
　　　繞更顯得幽深，夕陽緩緩西下依偎在壁壘邊上，清冷的寺院磬
　　　音在空曠的山林中迴溫，想起南朝往事令人感傷惆悵，此刻古
　　　台外只有長江的流水獨自奔騰如歌。

送上人

作者：唐　劉長卿

孤雲將野鶴，豈向人間住。
莫買沃洲山，時人已知處。

註解：上人：對僧人的尊稱。將：與共。沃洲山：在今浙江新昌縣東，
　　　相傳爲晉代名僧支遁放鶴、養馬之地。時人：指一般俗人。

背景：劉長卿，唐代詩人，擅長五言詩，自稱「五言長城」，和僧人
　　　多有往來，此詩是作者送一位僧友離去時而寫，詩中含有規勸
　　　之意，也顯示兩人關係密切。

譯文：你就像孤雲中的一隻野鶴，怎能在凡塵俗世棲息呢！隱居千萬
　　　不要買沃洲山，這是一般凡夫俗子都知道的地方啊！

逢雪宿芙蓉山主人

作者：唐 劉長卿

日暮蒼山遠，天寒白屋貧。
柴門聞犬吠，風雪夜歸人。

註解：宿：投宿。芙蓉山：可能是湖南桂陽或寧鄉的芙蓉山，但無法
考證。主人：留宿詩人的人家。白屋：沒有裝飾塗裝的簡陋茅
草屋，指貧苦人家。

背景：劉長卿，宣城（今安徽宣城）人，唐代詩人，玄宗年間進士，
個性剛直，得罪上司，曾兩度被貶，官終隨州（今湖北隨州）
刺史，世稱劉隨州。劉長卿詩多寫幽寒孤寂之境，擅長五言詩，
自稱為「五言長城」。公元 773 ～ 777 年間他被貶為睦州（今
杭州淳安縣）司馬，有一次上芙蓉山時遇上風雪，晚上投宿在
一個貧苦人家，寫下此詩。

譯文：傍晚的山色蒼茫遙遠，天寒地凍，投宿在一個貧苦人家的草屋，
正要睡覺時，突然聽到門外的狗叫，我想此刻應該是當家的主
人，頂著外面的風雪剛回到家吧！

餞別王十一南遊

作者：唐 劉長卿

望君煙水闊，揮手淚沾巾。
飛鳥投何處，青山空向人。
長江一帆遠，落日五湖春。
誰見汀洲上，相思愁白蘋。

註解：餞別：設酒宴送行。王十一：作者的王姓友人，家族中排行
十一。君：指王十一。煙水：水氣氤氳的江面。投：一作沒。人：
指詩人自己。五湖：此指太湖。汀洲：水邊的小沙洲。白蘋：
一種水中浮草，開白色花，常採來作爲贈別以表達思念。

背景：劉長卿，唐代詩人，他的朋友欲乘船沿長江東下南遊，他設酒
宴替其送行，酒後互道保重，並留下此詩。

譯文：望著王十一的船隻在開闊氤氳的江面緩緩離去，我揮手告別眼
淚沾溼了手巾，你像一隻飛鳥不知投向何處，只留下遠處青山
空對著我自己，長江上的孤帆已經走遠，王十一啊！在落日之
下你應該可以欣賞到太湖的春色，而此刻在這江邊的沙洲上，
有誰會看見我思念你的離愁就像那水面的白蘋花一樣呢！

尋南溪常道士

作者：唐 劉長卿

一路行經處，莓苔見屐痕。
白雲依靜渚，芳草閉閒門。
過雨看松色，隨山到水源。
溪花與禪意，相對亦忘言。

註解：莓苔：青苔。屐：木屐，此處泛指鞋子。渚：水中小洲。

背景：劉長卿，宣城（今安徽宣城）人，唐代詩人，曾任蘇州長洲縣尉，官終隨州（今湖北隨州）刺史，世稱劉隨州。

譯文：我到南溪拜訪常道士，一路經過的地方，看見道士在青苔上留下的足跡，遠望白雲依偎著安靜的沙洲，近看青草環繞著掩閉的庭院柴扉，主人不在，雨過天晴松色蒼翠，沿著山路來到水源處，小溪兩岸的野花透露著一股禪意，此刻我對著山花靜默無語，渾然忘我。

別嚴士元

作者：唐 劉長卿

春風倚棹闔閭城，水國春寒陰復晴。
細雨濕衣看不見，閑花落地聽無聲。
日斜江上孤帆影，草綠湖南萬里情。
東道若逢相識問，青袍今日誤儒生。

註解：嚴士元：蘇州人，曾任員外郎，劉長卿的朋友。倚棹：泊舟、
　　　停船。闔閭城：春秋時吳王闔閭命伍子胥建造的闔閭大城，即
　　　今日江蘇的蘇州古城。湖：指太湖。東道：指嚴士元。青袍：
　　　唐代八品和九品的小官皆著青色官服。

背景：劉長卿，宣城（今安徽宣城）人，一說河間（今河北）人，唐
　　　朝著名詩人，尤擅長五言詩，玄宗年間進士，官運多舛，曾因
　　　事下獄，又數次被貶，官終隨州（今湖北隨州）刺史，世稱劉
　　　隨州。此詩是劉長卿在蘇州城的春天送別友人而作，感嘆自己
　　　懷才不遇，貶謫多地。

譯文：春天停船在姑蘇古城的渡口，這一水鄉江南春寒料峭陰雨之後
　　　又天晴了，春雨細密如絲沾濕了衣服也沒發覺，岸邊的野花落
　　　地寂靜無聲，傍晚的江上看著你的船隻獨自離開，而這太湖南
　　　邊綿延不絕的青草恰是我送你的情意，你若遇到我們熟識的朋
　　　友問起我來，就請轉告他們，我命運多舛已是一個被官場耽誤
　　　一生的讀書人。

送靈澈上人

作者：唐 劉長卿

蒼蒼竹林寺，杳杳鐘聲晚。
荷笠帶斜陽，青山獨歸遠。

註解：送：送別。靈澈上人：唐代著名僧人法號靈澈，劉長卿的朋友，
上人是對僧人的敬稱。蒼蒼：山林的深青色。竹林寺：靈澈上
人修行的寺院，在今江蘇鎮江。杳杳：深遠之貌。荷笠：背著
斗笠。

背景：劉長卿，宣城（今安徽宣城）人，唐代詩人，玄宗年間進士，
公元761年他被貶潘州南巴（今廣東電白）歸來，在潤州（今
江蘇鎮江）遇到靈澈上人，之後上人欲返回竹林寺，詩人送別
並作此詩。

譯文：佇立路頭目送友人，感覺山色蒼蒼的竹林寺悠遠的晚鐘彷彿陣
陣傳來，上人背著斗笠沐浴在夕陽的餘暉裡，獨自一人向遠處
的青山緩緩歸去。

和尹從事懋泛洞庭

作者：唐 張説

平湖一望水連天，林景千尋下洞泉。
忽驚水上光華滿，疑是乘舟到日邊。

註解：尹從事懋：從事尹懋。從事：官職，刺史的佐使，協助刺史辦
事。洞庭：即洞庭湖。湖：洞庭湖。水連天：一作上連天。林景：
洞庭湖君山的林景。尋：古代長度單位，約兩手臂平伸的距離
爲一尋。光華：太陽的光輝。日：此代指皇帝。

背景：張説，唐代詩人，唐玄宗年間曾拜相，後改任中書令，公元
713年因與宰相姚崇不和被貶相州（今河南安陽）刺史，後又
被貶爲岳州（今湖南岳陽）刺史，此詩即是在岳州期間與屬下
尹懋泛舟洞庭湖所作，表達了作者雖然被貶但仍渴望得到皇帝
的重用。

譯文：一望無際的洞庭湖水天相連，君山的層林疊翠照映在山腳的洞
泉之中，忽然驚覺水面一片光輝耀熠，我以爲自己是乘船到太
陽的身邊來了。

宿建德江

作者：唐 孟浩然

移舟泊煙渚，日暮客愁新。
野曠天低樹，江清月近人。

註解：建德江：新安江流經建德（今浙江建德）西部的一段江水。泊：
　　　停船靠岸。煙渚：霧氣氤氳的江邊小沙洲。客：指詩人自己。

背景：孟浩然，襄州（今湖北襄陽）人，號孟山人，世稱孟襄陽，擅
　　　長五言詩，是田園山水詩派的代表人物。他於唐玄宗開元年間
　　　曾赴長安尋求出仕的機會，後來一事無成，公元 729 年他離開
　　　長安後轉往吳越一帶漫遊，行船至浙江建德江邊的小洲停宿，
　　　有感於自己仕途失意的惆悵，寫下此詩。

譯文：行船至煙霧藹藹的沙洲邊停船休息，黃昏暮色讓人撩起了仕途
　　　失意的愁緒，曠野遼闊大樹看起來變得低矮，江水清澈，倒映
　　　的月亮顯得和人親近，垂手可掬。

宿桐廬江寄廣陵舊遊

作者：唐 孟浩然

山暝聽猿愁，滄江急夜流。
風鳴兩岸葉，月照一孤舟。
建德非吾土，維揚憶舊遊。
還將兩行淚，遙寄海西頭。

註解：桐廬江：即桐江，在今浙江省桐廬縣。廣陵：今江蘇揚州。舊
遊：故交。暝：黃昏。滄江：水色蒼茫之江，此指桐廬江。建德：
即今浙江建德，在桐廬江上游。維揚：即揚州。海西頭：指揚州，
古代揚州範圍東臨大海，故稱。

背景：孟浩然，唐代詩人，田園詩派的代表人物，此詩是他離開長安，
漫遊吳越時所作。

譯文：山色昏暗，猿的啼聲淒切令人發愁，盧桐江在夜色蒼茫中向東
流逝，風吹得兩岸的樹葉颯颯作響，明月照著我的孤舟在江上
前行，建德風光雖美並非自己的故鄉，此刻懷念起位於揚州的
故交，離愁令人情不自禁掉下兩行淚珠，卻只能把心中的思念
遙寄到揚州。

桃花溪

作者：唐 張旭

隱隱飛橋隔野煙，石磯西畔問漁船。
桃花盡日隨流水，洞在清溪何處邊？

註解：隱隱：隱隱約約。飛橋：架在山中溪流上的橋。石磯：水邊突出的岩石。

背景：張旭，蘇州吳縣（今江蘇蘇州）人，唐代著名書法家，擅長草書，喜歡喝酒，世稱「張顛」，有「草聖」之美譽，與另一草書大家懷素合稱「顛張醉素」，又與李白的詩歌和裴旻的劍舞並稱大唐「三絕」，他的草書也被稱爲「狂草」。

譯文：煙霧飄紗的山谷，架在溪上的高橋若隱若現，站在溪岩西側詢問船上的漁夫，這裡的桃花伴著流水川流不息，難道這就是傳說中的桃花源！請問它的洞口在哪裡啊？

山中留客

作者：唐 張旭

山光物態弄春暉，莫為輕陰便擬歸。
縱使晴明無雨色，入雲深處亦沾衣。

註解：山中：一作山行。春暉：春光。莫：不要。輕陰：輕微的陰天。
　　　便擬歸：就打算回去。雲：煙靄、霧氣。

背景：張旭，唐代著名書法家、詩人，擅長草書，有「草聖」之美譽。
　　　他邀友人遊山，有感寫下此詩，表達的是山中的真趣要用自己
　　　的身心一起去體驗和感悟。

譯文：春天的陽光下，山中的石水花木都顯得奇特美妙，朋友啊！不
　　　要為了天氣稍微轉陰就打算回去，即便晴朗清明沒有下雨的時
　　　候來此，在這樣雲霧繚繞的山林深處水氣濛濛也會沾濕衣服。

黃鶴樓

作者：唐 崔顥

昔人已乘黃鶴去，此地空餘黃鶴樓。
黃鶴一去不復返，白雲千載空悠悠。
晴川歷歷漢陽樹，芳草萋萋鸚鵡洲。
日暮鄉關何處是，煙波江上使人愁。

註解：黃鶴樓：在長江南岸，最早是三國東吳修建的一個軍事瞭望樓台，舊址在湖北武昌黃鵠磯頭可以俯瞰長江，是江南三大名樓之一，一千多年來幾經毀敗變遷，現有黃鶴樓是現代修建，亦非舊址，新址在蛇山之上離長江較遠。昔人：傳說古代仙人曾乘黃鶴來此，黃鶴樓因此得名。歷歷：清楚可數。漢陽：在長江北岸漢江之南，與武昌的黃鶴樓隔長江相望。萋萋：草木茂盛狀。鸚鵡洲：原是湖北武昌西南長江邊上的一個小洲，東漢末年黃祖擔任江夏太守時，其長子黃射曾在此大宴賓客，名士禰衡於席間作了一篇《鸚鵡賦》而名震一時，後來禰衡被黃祖殺害就葬于此，故該地稱鸚鵡洲，此洲後來於明末清初逐漸沉沒。鄉關：故鄉。

背景：崔顥，唐代著名詩人，唐玄宗年間進士，前期詩風多寫閨情風月，後來歷經邊塞羈旅之錘鍊，詩風大轉豪邁奔放。李白有一次登黃鶴樓，面對長江滾滾，本想賦詩一首，抬頭一望，旋即擱筆曰：「眼前有景道不得，崔顥題詩在上頭。」崔顥的黃鶴樓寫得太好，連李白都讚嘆不已，難怪後世評唐詩，有人把它譽爲唐詩七律之冠。

譯文：古代的仙人已經乘黃鶴飛走，這裡就只剩空空蕩蕩的黃鶴樓了，黃鶴飛走不再回來，只有白雲千年來依然悠悠飄浮，晴朗的江水對面漢陽大樹清晰可數，水邊沙渚的鸚鵡洲青草翠綠茂盛，眺望黃昏的遠處哪裡是我的故鄉呢？江上的波濤煙靄籠罩使人惆悵發愁。

黄鹤楼｜唐｜

長干曲四首 · 選二

作者：唐 崔顥

君家何處住？妾住在橫塘。
停船暫借問，或恐是同鄉。
家臨九江水，來去九江側。
同是長干人，生小不相識。

註解：長干曲：一作《江南曲》或《長干行》屬於古樂府《雜曲歌詞》
的一種。橫塘：在今南京市西南，即莫愁湖一帶。借問：請問。
九江：原指長江潯陽一帶水域，此泛指長江。

長干：即長干里，位於今南京市秦淮區秦淮河以南雨花台以北，在秦、漢、六朝時曾經是金陵古城人口最密集和最繁華的地區，是著名的商業和貨物集散地，同時也是江南的佛教聖地，唐代詩人李白、杜甫、杜牧等都曾來此遊歷。長干人：長干里的人。

背景：崔顥，唐代詩人，詩風早期浮艷輕薄，多寫閨情風月，後來歷經邊塞磨練，詩風大振，尤其邊塞詩變得雄渾有力。

譯文：把船停靠一下請問隔船之人，你家住在什麼地方呢？我家住在橫塘那邊，聽你的口音也許我們就是老鄉呢？我們的家都臨著長江邊，都在這長江邊上來來去去，同樣都是長干里的人，可是從小不認識。

詠柳

作者：唐 賀知章

碧玉妝成一樹高，萬條垂下綠絲絛。
不知細葉誰裁出，二月春風似剪刀。

註解：絛：用細絲編成的繩帶。

背景：賀知章，字季眞，唐代詩人，越州永興（今浙江蕭山）人，自
　　　號「四明狂客」，武則天朝狀元，曾任太子賓客、祕書監，人
　　　稱「賀監」。賀知章初識李白時，李白獻上自己新作《蜀道難》，
　　　他看過後驚爲天人，稱李白爲「謫仙人」，後與李白成爲忘年
　　　之交，兩人喝酒論詩，在長安曾有金龜換美酒的逸事。

譯文：初春長高的柳樹碧綠如玉如絲，千條萬條迎風搖曳，這樣婀娜
　　　多姿的身段不知是穿上誰剪裁的新衣？我想應該是二月春風這
　　　個巧手惠心的裁縫師吧！

詠柳 | 唐 |

採蓮曲

作者：唐 賀知章

稽山雲霧鬱嵯峨，鏡水無風也自波。
莫言春度芳菲盡，別有中流採芰荷。

註解：稽山：即會稽山，在浙江紹興，相傳大禹治水時曾在此大會諸
　　　侯。鬱：蓊鬱，樹木茂盛狀。嵯峨：山勢參差巍峨。鏡水：即鏡湖，
　　　又名鑑湖，在今浙江紹興。芳菲：花草茂盛芳香。芰：菱角，
　　　四角菱曰芰，兩角菱曰菱。

背景：賀知章，越州永興（今浙江杭州蕭山）人，早年遷居越州山陰
　　　（今浙江紹興），唐朝著名詩人和書法家，自號「四明狂客」，
　　　詩風清新瀟灑。他在京城長安為官多年，於五十年後告老還鄉，
　　　再看到兒時熟悉的山水情景，有感而發寫下此詩。

譯文：會稽山巍峨蓊鬱雲霧繚繞，鏡湖沒風也照樣波瀾蕩漾，莫要惋
　　　惜春天的花草綻放已盡，接下來夏天湖中就可以採摘菱角和蓮
　　　子了。

回鄉偶書 · 其一

作者：唐 賀知章

少小離家老大回，鄉音無改鬢毛衰。
兒童相見不相識，笑問客從何處來。

註解：偶書：偶然寫的詩。鄉音：家鄉口音。衰：稀疏衰老。

背景：賀知章，越州永興（今浙江杭州蕭山）人，早年遷居越州山陰
　　　（今浙江紹興），其附近有四明山故自稱「四明狂客」，唐朝
　　　著名詩人和書法家，與張旭、張若虛、包融合稱「吳中四士」。
　　　他在京城長安為官多年，於五十年後告老還鄉已經八十六歲，
　　　回到家鄉山水依舊但很多人事已非，心中有歲月滄桑的感嘆，
　　　故寫下此詩。

譯文：從年少就離開家鄉到老了才回來，我的家鄉口音沒變倒是容顏
　　　和兩側的鬢毛都已衰老，村裡的小孩看到我也不認識，還笑著
　　　問我是從哪裡來的客人？

省試湘靈鼓瑟

作者：唐 錢起

善鼓雲和瑟，常聞帝子靈。

馮夷空自舞，楚客不堪聽。

苦調淒金石，清音入杳冥。

蒼梧來怨慕，白芷動芳馨。

流水傳瀟浦，悲風過洞庭。

曲終人不見，江上數峰青。

註解：省試：唐代各州縣貢士到京師參加尚書省禮部的考試稱省試。
湘靈：湘江（位於湖南）神靈，傳說堯帝的兩個女兒女英和娥皇，
嫁給舜爲妃，舜帝南巡崩於蒼梧之野，葬于九嶷山（今湖南南
部永州市寧遠縣境內），二妃聞訊前來弔喪，至湘江水域因悲
傷過度眼淚沾滿了斑竹，最後投江自盡化爲湘江女神，後世稱
爲湘君和湘夫人。鼓：彈奏。雲和：古山名，所產木材善作琴
瑟等樂器。帝子：堯帝之子女，此指湘江女神。馮夷：古代掌
河水之神。楚客：指屈原或遠方遊子。金石：鐘磬類樂器。杳冥：
遙遠的地方。蒼梧：舜帝崩於蒼梧之野，此指舜帝之靈。白芷：
一種開小白花的香草。瀟浦：一作湘浦、瀟湘，瀟水和湘江匯
流於湖南零陵合稱瀟湘。洞庭：洞庭湖，位於湖南省北部。

背景：錢起，吳興（今浙江湖州）人，唐代詩人，唐代宗時期大曆十
大才子之首。公元 751 年他參加唐玄宗年間舉辦的進士考試，
考試題目爲《湘靈鼓瑟》，本詩就是他的考題答卷即應試詩或
叫試貼詩，他靠著這首詩一戰成名，高中進士。

譯文：經常聽說湘江女神善於彈奏雲和之瑟，音樂美妙令河神馮夷聞
之起舞，但遠遊的旅人卻不忍卒聽，曲調哀苦連鐘磬都爲之感
傷，聲音清亮杳杳遠入雲霄，連葬于蒼梧的舜帝之魂都爲之淒
切思慕，長在岸邊的香草都感動得吐露芬芳，樂聲隨著流水透
迤漫入瀟湘，化作悲風飛過浩渺的洞庭湖面，一曲終了天地寂
靜卻不見湘江神女，江上雲霧飄渺之間只有幾座蒼翠迷濛的山
峰。

芙蓉樓送辛漸

作者：唐 王昌齡

寒雨連江夜入吳，平明送客楚山孤。
洛陽親友如相問，一片冰心在玉壺。

註解：芙蓉樓：原名西北樓，在潤州（今江蘇鎮江）西北，瀕臨長江南岸，登樓可以俯瞰長江。辛漸：詩人的朋友。寒雨：秋冬時節寒冷的雨水。連江：雨水與江面連成一片，形容雨很大。吳：泛指江蘇長江以南，今江蘇鎮江在三國時屬於吳國。平明：天剛亮時。客：此指辛漸。楚山：楚地的山，古代吳國、楚國都統治過這裡，此指江北的遠山。洛陽：今河南洛陽。

背景：王昌齡，唐代著名邊塞詩人，擅長七言絕句，後人稱其爲「七絕聖手」，曾被貶嶺南，公元740～748年王昌齡曾任江寧（今南京）丞長達八年，作此詩時他在江寧丞任上正遭謗議，因此在潤州芙蓉樓送別友人時用此詩來表白自己的心跡，日後他被貶到龍標（今湖南黔陽）。

譯文：寒雨滂沱連著江面在夜晚橫掃而來，天剛亮時送你乘船北上，此刻一別只剩我像江北孤零零的遠山留在這裡，辛漸啊！洛陽的親朋好友若問起我來，你就和他們說，我的心就像裝在玉壺裡的冰一樣清明正直而無愧於天地。

送魏二

作者：唐　王昌齡

醉別江樓橘柚香，江風引雨入舟涼。
憶君遙在瀟湘月，愁聽清猿夢裡長。

註解：魏二：王昌齡的朋友姓魏，家族中排行第二。君：指魏二。瀟湘：
　　　瀟水和湘江在湖南永州零陵縣匯流，稱瀟湘，此處泛指湖南一
　　　帶。清猿：即猿，因啼聲淒清，故稱清猿。

背景：王昌齡，唐代著名邊塞詩人，曾當過江寧（今南京）丞，公元
　　　748～756年他被貶爲龍標（今湖南黔陽）尉，這期間他有一
　　　次替朋友送別寫下此詩。

譯文：於江畔酒樓設宴替你送別，空氣中還散發著橘柚成熟的清香，
　　　江風夾帶著細雨吹入小船感覺有些寒涼，望著船隻已經走遠，
　　　我想著到時遠在瀟湘水域的你，在秋天的月夜獨自聽到江岸的
　　　清猿啼叫，應該也會惆悵得睡不著覺。

春泛若耶溪

作者：唐 綦毋潛

幽意無斷絕，此去隨所偶。
晚風吹行舟，花路入溪口。
際夜轉西壑，隔山望南斗。
潭煙飛溶溶，林月低向后。
生事且彌漫，願為持竿叟。

註解：若耶溪：即今浙江紹興東南之平水江。偶：通「遇」。際：到。
　　　壑：山谷。南斗：星宿名，和北斗星位置相對。溶溶：水流之貌。
　　　持竿叟：釣魚翁，喻為隱者。

背景：綦毋潛，虔州（今江西南康）人，唐代著名詩人，曾官至著作
　　　郎，安史之亂後歸隱，遊歷江淮一帶，後不知所終。

譯文：自安史之亂後我尋幽探勝之心不曾斷絕，此去就只能隨遇而安
　　　了，春天來到若耶溪，晚風吹著小船前行，駛入開著野花的溪
　　　口處，到了夜裡轉到西邊的山谷，隔著蒼山眺望南斗星明亮閃
　　　爍，潭水的煙霧瀰漫流動，感覺兩岸樹木和月亮都向後退去，
　　　人生世事如煙霧飄忽不定，這個亂世啊！此刻寧願作一名垂釣
　　　於江湖的隱者。

感遇‧其七

江南有丹橘，經冬猶綠林。
豈伊地氣暖，自有歲寒心。
可以薦嘉客，奈何阻重深。
運命唯所遇，循環不可尋。
徒言樹桃李，此木豈無陰。

註解：丹橘：紅色橘子。歲寒心：耐寒的本性。薦：推薦、進奉。阻重深：
　　　阻礙重重。循環：指命運的好壞交替。樹：種植。陰：同「蔭」，
　　　樹蔭。

背景：張九齡，韶州曲江（今廣東韶關）人，唐玄宗開元盛世的最後
　　　明相，公元737年他因受李林甫等小人讒言由尚書丞相被貶
　　　爲荊州長史，貶謫期間他完成了詩作《感遇十二首》，本詩就
　　　是其中之一。戰國時代楚國詩人屈原也有寫過一篇《橘頌》，
　　　讚美橘樹的品格，張九齡和屈原都是南方人，都以橘樹凌傲嚴
　　　寒仍能開花結果來比喻人的高尚情操，但因生長在南方路途遙
　　　遠，不被世人重視，令人有懷才不遇的感嘆。

譯文：江南有生產紅橘，經歷冬天仍然碧綠成林，難道這是地氣溫暖
　　　的緣故嗎？其實是橘樹本身俱有耐寒的本性，又可以結果累累
　　　進奉貴客，奈何路途遙遠阻隔重重，命運難測只能任其所遇，
　　　就像四季循環一樣不可追尋，世人卻都偏愛種桃花李樹，難道
　　　橘樹就不能成林遮蔭了嗎？

楓橋夜泊

作者：唐　張繼

月落烏啼霜滿天，江楓漁火對愁眠。
姑蘇城外寒山寺，夜半鐘聲到客船。

註解：楓橋：在今江蘇蘇州虎丘區，姑蘇古城閶門之西，位於京杭大運河和蘇州內河的交匯處，旁邊有驛站，自古是南北交通的要地。泊：停船。烏啼：烏鴉啼叫。江楓：江邊楓樹。漁火：漁家船上的燈火。姑蘇城：即今江蘇蘇州城，姑蘇是蘇州的古稱。寒山寺：在姑蘇城西，楓橋附近，因唐代僧人寒山、拾得曾住此得名。

背景：張繼，湖北襄陽人，唐代詩人，唐玄宗年間進士及第，兩年後爆發安史之亂，公元 756 年他避難流離，行經姑蘇城時，船停泊在楓橋驛站，迷惘個人前途，憂愁國家命運，有感而發寫下此詩。這首詩在歷史上版本、用詞和釋義非常混亂，頗俱爭議，至今尚無定論。首先詩名，就有版本是《夜泊松江》，說張繼夜泊地點根本不在現在寒山寺旁的運河邊；而「江楓漁火」也有「江邊漁火」和「江村漁父」等版本；「姑蘇城」也有說是指春秋吳王建的「姑蘇台」；「到客船」也有「過客船」一說。釋義上也有「葉落」之樹不是楓樹而是烏桕樹，而「江楓」是江春橋和楓橋兩橋的合稱，或者根本沒有楓橋這座橋。寒山寺爭議也很大，有說姑蘇城外根本沒有寒山寺，而是指寒冷山中之寺院。雖然以上種種，莫衷一是，但依舊沒有妨礙人們對這首詩的熱愛。這首詩，畫面寂寥，意境幽美，深刻道出旅人的愁緒與情懷，雖然不一定是詩人最原始的版本，但卻是最能讓人朗朗上口的一首，此詩甚至轟動之後流傳于日本，現在還被收錄於日本小學生的課本中，算是張繼最出名的一首詩了。

譯文：我心中惆悵望著江邊的楓樹和漁家船上的燈火疲倦地入睡，不知何時忽然在船上的客艙內聽到姑蘇城外寒山寺的鐘聲陣陣傳來，此時月亮已經落下而烏鴉在樹上驚亂啼叫，醒來發現滿地白霜的深秋拂曉寒氣逼人。

鳥鳴澗

作者：唐 王維

人閒桂花落，夜靜春山空。
月出驚山鳥，時鳴春澗中。

註解：人：指詩人自己。桂花：即木樨，有春、秋品種，此指春桂。時：
時而、偶爾。澗：流水的山溝。

背景：王維，字摩詰，號摩詰居士，河東蒲州（今山西永濟）人，唐
代著名詩人、畫家，精通詩、書、畫和音樂，尤其擅長五言絕
句和律詩，他信佛參禪，有「詩佛」之稱，與孟浩然合稱「王
孟」，北宋蘇東坡對其評價更是到位：「味摩詰之詩，詩中有
畫；觀摩詰之畫，畫中有詩。」大約於公元 728～734 年間他
曾漫遊吳越（江蘇、浙江）一帶，此詩當是去紹興東南雲溪（即
若耶溪）時訪友人皇甫岳所居的雲溪別墅作《皇甫岳雲溪雜題
五首》詩中其中一首。

譯文：我悠閒地欣賞桂花輕輕飄落，春天的山谷之夜寂靜無聲，月亮
出來驚動了山鳥，不時在流水潺潺的山澗中鳴叫。

秋夜曲

作者：唐 王維

桂魄初生秋露微，輕羅已薄未更衣。
銀箏夜久殷勤弄，心怯空房不忍歸。

註解：桂魄：即月亮。傳說月中有桂樹，又月初生的微光稱魄，故初
　　　生之月爲桂魄。輕羅：輕盈的絲織品，宜做夏裝，此指夏天的
　　　衣服。銀箏：用銀裝飾的古箏，一種撥弦樂器。怯：害怕。

背景：這是唐代詩人王維創作的一首樂府閨怨詩，詩意婉轉含蓄，詩
　　　人本身也通音律，詩作時間、地點不詳，應該是年輕時候作品。

譯文：月亮剛剛升起，秋天夜晚的露水已經稍感寒涼，輕盈的夏衣尚
　　　未更換，在這個季節已覺單薄，那少婦在夜深人靜中撥彈古箏
　　　良久，心中害怕獨守空閨不忍回屋睡覺。

雜詩三首 · 其二

作者：唐 王維

君自故鄉來，應知故鄉事。
昨日綺窗前，寒梅著花未？

註解：綺窗：雕刻或繪畫精美的窗戶。

背景：王維的雜詩共三首，本詩是第二首，應是王維描寫一個住在孟
　　　津河渡口（今河南北部）的友人（男女不詳）掛念江南故鄉的
　　　情景。詩中主人翁住在孟津河的渡口，每當有從江南發過來的
　　　船隻靠岸停泊，便向人詢問故鄉的狀況。

譯文：貴客您從江南來，應該知道我家鄉的狀況，昨天你出發的時候，
　　　我家雕繪的窗前早春的梅花開了沒？

相思

作者：唐 王維

紅豆生南國，春來發幾枝。
願君多採擷，此物最相思。

註解：相思：此詩一作《江上贈李龜年》。紅豆：代表相思，又名相
　　　思子，於魏晉南北朝時開始流行，人們用紅豆作爲飾品，餽贈
　　　朋友，更多作爲男女定情的信物。南國：南方。願君：一作勸君。
　　　君：你，或指李龜年。

背景：李龜年是唐玄宗時朝廷的首席樂師，能唱歌作曲，又會吹樂器
　　　和擊鼓，深得皇帝寵幸；王維也通音律，公元 721 年中進士後
　　　曾當過太樂丞，負責皇帝歌舞的安排，他與李龜年熟識，故有
　　　此詩相贈；安史之亂後李龜年流落江南，在潭州（今湖南長沙）
　　　一帶靠賣藝維生，常唱此曲，聽者莫不掩泣罷酒。

譯文：紅豆是生在南方的，春天來了應該會長得枝繁果盛，願你多多
　　　採來佩戴裝飾，這東西最能代表我們之間的友誼和思念了。

送沈子福之江東

作者：唐 王維

楊柳渡頭行客稀，罟師蕩槳向臨圻。

唯有相思似春色，江南江北送君歸。

註解：送：送別。沈子福：王維的朋友。江東：長江中下游江蘇、浙
江一帶。渡頭：渡口、碼頭。罟師：漁人，此處指船夫。臨圻：
臨近曲岸的地方，一作臨沂，在今南京市東北。君：指沈子福。

背景：這是王維大約於公元740～741年寓居在襄陽和江漢一帶時所
作的一首送別詩。

譯文：楊柳依依的渡口旅客稀少，船夫搖蕩著船槳開始駛向臨圻（臨
沂），此地一別，我的思念就像這春江兩岸綿延的垂柳，一路
不斷地送你到遙遠的江東。

送沈子福之江東｜唐｜

畫

作者：唐 王維

遠看山有色，近聽水無聲。
春去花還在，人來鳥不驚。

註解：色：色彩、顏色。水：流水。春：春天。鳥：野鳥、山鳥。

背景：王維，唐代詩人、畫家，作品被評為「詩中有畫，畫中有詩」，
多年信佛參禪，有「詩佛」之稱。這是一首賞畫的詩作，表達
了一幅畫創作的逼真和生動，以至於詩人站在畫前觀賞彷彿身
臨其境，融入了大自然之中。本詩的作者，一說是王維，一說
是南宋僧人，也可能是佚名人士，創作年代不詳，目前不可考，
沒有定論。

譯文：遠看青山蒼蒼，近聽流水無聲，春天去了花還開著，人走近了，
小鳥也不驚飛。

畫 | 唐

望廬山瀑布 · 其二

作者：唐 李白

日照香爐生紫煙，遙看瀑布掛前川。
飛流直下三千尺，疑是銀河落九天。

註解：廬山：今江西九江廬山，聳立於鄱陽湖、長江之濱。香爐：香
　　　爐峰，廬山香爐峰有四，此指南香爐峰，因煙雲繚繞，如香爐
　　　狀，故名。紫煙：日光穿透雲霧和水氣，形成紫色的煙雲。川：
　　　河流，此指瀑布。三千尺：比喻山高陡峭，誇張手法，並非實指。
　　　銀河：銀河系帶狀的星群。九天：古人認為天有九重，九天即
　　　天空的最高層。

背景：二十四歲的青年李白初次出蜀遊歷東南，大約公元725年前後
　　　他沿長江東下來到九江，一生好入名山遊的他自然不能錯過廬
　　　山，他登山攬勝，被廬山瀑布的氣勢震撼不已，詩興大發，留
　　　下這神來之筆。

譯文：日光穿透香爐峰的霧靄和水氣，聚散之間產生紫色的煙雲，遙
　　　遠望去山間的瀑布好像是一條江水直掛在眼前，水流從懸崖峭
　　　壁飛奔而下三千尺，令人驚疑是夜空的銀河從九重天上掉落下
　　　來。

望天門山

作者：唐 李白

天門中斷楚江開，碧水東流至此回。
兩岸青山相對出，孤帆一片日邊來。

註解：天門山：位於今安徽省蕪湖市北郊長江兩岸，東岸爲東梁山，
西岸爲西梁山，兩山隔江對峙，形同天設之門戶，故名。天門：
即天門山。中斷：天門山在此被長江從中間斷隔開來。楚江：
天門山所在屬古代楚國，因此長江在此段稱楚江。至此回：長
江原本由西向東流，但從江西九江往下游到南京這一段江水改
由南向北而流，而安徽蕪湖天門山剛好在這一段水域，並且水
流在此轉折迂迴北去。兩岸青山：即東岸東梁山和西岸西梁山。

背景：二十四歲的青年李白初次出蜀沿長江東下，遊歷東南吳楚，公
元 725 年他第一次來到古楚國領地天門山，站在船上前行，仰
望兩岸青山，寫下這氣勢非凡的詩句。

譯文：天門山被江水從中間斷隔開來之後長江視野變得開闊，江水碧
綠向東流到此地時水流轉折迂迴北去，兩岸青山夾江對峙顯得
聳立突出，江上一葉孤舟在遠處相對渺小好像從太陽邊上緩緩
駛來。

夜泊牛渚懷古

作者：唐 李白

牛渚西江夜，青天無片雲。

登舟望秋月，空憶謝將軍。

余亦能高詠，斯人不可聞。

明朝掛帆席，楓葉落紛紛。

註解：牛渚：牛渚山，在今安徽當塗縣西北，其北端突入長江處即是
著名的採石磯，與對面的橫江渡（即橫江浦，在今安徽和縣東
南）隔長江對峙。西江：長江從南京溯流以西到江西境內的一
段水域稱西江。謝將軍：東晉謝尚將軍鎮守牛渚時，於秋夜泛
舟賞月，剛好袁宏在工作的運租船上高誦自己的詩作《詠史》，
謝尚聽聞大加讚賞，邀至舟內相談至天明，此後袁宏聲名大噪，
官至太守。斯人：指謝尚將軍。掛帆席：一作掛帆去，帆席即
船帆。

背景：此詩創作年代應是青年李白第一次出蜀地，到處遊歷，干謁諸
侯，尋求出仕機會，但一直未果，公元 727 年來到牛渚渡口有
感所作。另外也有一說，李白自從翰林待詔辭職離開長安後到
處漫遊，大約公元 753 年他南下安徽宣城途中來到牛渚山渡口
已是暮年之際，觸景生情想起此地前朝逸事和自己的遭遇，有
感而發寫下這首詩，與上文年代差異甚大，爭議頗多，目前沒
有定論。

譯文：來到長江東岸的牛渚渡口，西岸江面的夜空澄藍沒有一片浮
雲，登船望著天邊的明月，想起此地東晉謝尚將軍的逸事，我
認為自己也有像袁宏一樣的才華，可惜沒能遇上像謝尚這樣的
知音人，只能感嘆懷才不遇，歲月蹉跎啊！明天早上就要搭船
遠航離去，此刻只有孤寂的秋風把江岸的楓葉紛紛吹落。

登金陵鳳凰台

作者：唐 李白

鳳凰台上鳳凰遊，鳳去台空江自流。
吳宮花草埋幽徑，晉代衣冠成古丘。
三山半落青天外，二水中分白鷺洲。
總為浮雲能蔽日，長安不見使人愁。

註解：鳳凰台：故址在今南京市西南，古蹟已不復存在，現在鳳凰台
是新建。江：長江。吳宮：三國東吳建都金陵（當時稱建業）
所築宮殿。晉代：東晉南渡也建都於金陵（當時稱建康）。衣冠：
指世族、達官貴人。古丘：古墳。三山：金陵西南長江邊上曾
有三座山峰並排，今不復存在，舊址在三山街。白鷺洲：故址
在今南京市西南秦淮河和長江交匯處，洲上因常有白鷺棲息，
故名，時空變遷，今已和陸地相連。浮雲：指皇帝身邊的奸臣
小人。日：指皇帝。

背景：李白於長安被賜金放還之後，公元 747 年他漫遊來到吳越（今
蘇杭一帶），登金陵鳳凰台故有此作。

譯文：鳳凰台上聽說以前曾經有鳳凰在此悠遊，鳳凰飛走之後現只剩
台下的江水依然東流，吳國的故宮已經不在只剩斷瓦殘片埋沒
於野花漫草的小路上，東晉貴族的居地現在也變成一堆荒蕪的
古墳了。金陵城外的三山並排聳立在長江天邊，白鷺洲浮在江
心把長江一分爲二，總有奸臣當道像浮雲遮日一樣矇蔽皇上，
遙望長安看不見，令人心中惆悵憂愁。

登金陵鳳凰台 ｜唐｜

金陵酒肆留別

作者：唐 李白

風吹柳花滿店香，吳姬壓酒喚客嘗。
金陵子弟來相送，欲行不行各盡觴。
請君試問東流水，別意與之誰短長？

註解：金陵：南京古名。酒肆：酒店。風吹：一作白門，白門即當時
金陵城的正西門。吳姬：南京古代屬吳國，此處吳姬指酒店的
女侍。壓酒：古時新酒釀熟，用木石等物壓糟出酒後取用。子弟：
李白的一群青年朋友。欲行：將要走的人，指詩人自己。不行：
不走的人，指替李白送行的朋友。盡觴：喝盡杯中酒。觴：酒杯。

背景：公元726年，李白二十六歲，即出蜀遠遊的第三年，他來到金
陵遊歷後，於當年春天欲前往廣陵（今江蘇揚州），在當地結
識的朋友紛紛前來送行，在酒店中大家盡興喝酒，表達綿長的
離別情意。

譯文：春風吹著柳花飛揚酒店之內到處飄著酒香，酒店的女侍壓糟取
酒熱情地招呼客人品嘗，我在金陵當地結識的青年朋友在此設
宴替我送行，要離去的和要留下來的都各自盡情暢飲，試問在
座的所有朋友，此刻我們離別的情意和向東流逝的江水相比，
哪個短，哪個長呢？

金陵城西樓月下吟

作者：唐 李白

金陵夜寂涼風發，獨上西樓望吳越。
白雲映水搖空城，白露垂珠滴秋月。
月下沉吟久不歸，古來相接眼中稀。
解道澄江淨如練，令人長憶謝玄暉。

註解：金陵：南京的古稱，南朝宋、齊、梁、陳四朝皆建都於金陵。西樓：一作高樓。吳越：泛指今江蘇、浙江一帶（江蘇古代屬吳國，浙江古代屬越國）。涼風：秋風。白露：秋天的露水。稀：稀少。解：了解、懂得。道：說。澄江淨如練：出自南齊詩人謝眺《晚登三山還望京邑》中詩句：「餘霞散成綺，澄江靜如練」。練：白絹。謝玄暉：謝眺，字玄暉。

背景：一說公元727年李白年輕時來金陵遊歷，寫下此詩，另一說李白於長安被賜金放還後到處漫遊，於公元754年重遊金陵寫下此詩。金陵曾是南齊首都，而李白仰慕的南齊詩人謝眺就曾在此地爲官和生活，因此李白到金陵自然憶起他，心中感懷寫下此詩。

譯文：金陵的夜晚寂靜而涼風四吹，獨自登上金陵城的西樓眺望這一帶古代的吳越領地，白雲映在河面，蕩漾的水波搖動著空曠的城牆，秋天的月光中白露垂珠欲滴，我在月下沉思吟詠久久不忍離去，自古以來能遇知音心靈相通的本就稀少，南齊詩人謝眺能夠懂得說出澄澈的江水清淨得像一條白絹這樣的詩句，真是令人懷念他的才華啊！

送孟浩然之廣陵

作者：唐 李白

故人西辭黃鶴樓，煙花三月下揚州。
孤帆遠影碧空盡，唯見長江天際流。

註解：孟浩然，襄州襄陽（今湖北襄陽）人，唐代詩人，號孟山人，
世稱孟襄陽，詩以田園山水著稱。廣陵：今江蘇揚州。故人：
指李白的朋友孟浩然。辭：辭別。煙花：江南三月花開時節，
江面水氣氤氳，常常薄霧靄靄，形成煙花迷濛的景象。

背景：公元 727 年李白二十七歲，在出蜀的第四年，他東遊歸來在湖
北襄陽結識了比他大十二歲的詩人孟浩然，並在湖北安陸與故
相國許圉師的孫女結婚，開始他「酒隱安陸，蹉跎十年」的生
活，李白很欣賞孟浩然的人品和詩風，很快兩人就成了忘年之
交。孟浩然隱居在襄陽城郊的鹿門山，公元 734 年李白跑去鹿
門山找孟浩然，之後孟浩然要從江夏（今湖北武昌）前往廣陵
（今江蘇揚州），該年春天李白便攜同孟浩然一起來到江夏並
在長江邊的黃鶴樓替其送行與之辭別，望著孟浩然的遠帆消失
在碧藍的江空，李白才驚覺腳下滾滾的流水逶迤到了水天交接
之處，充分表達了詩人依依不捨的別情。

譯文：和好友孟浩然在黃鶴樓辭別，他在這煙雨江南的三月花季要去
揚州，看著他的船隻孤獨地消失在碧藍的天空，才驚覺腳下唯
有長江像我的離愁滔滔不絕地流到水天交界之處。

渡荊門送別

作者：唐 李白

渡遠荊門外，來從楚國遊。
山隨平野盡，江入大荒流。
月下飛天鏡，雲生結海樓。
仍憐故鄉水，萬里送行舟。

註解：荊門：荊門山，在今湖北宜都縣西北與對面的虎牙山夾著長江
兩岸對峙，自古扼蜀楚之咽喉。楚國：入荊門山後順流東下，
進入屬於古代楚國的領地。江：長江。平野：平坦寬闊的田野。
海樓：海市蜃樓。故鄉水：從李白家鄉蜀地流過來的長江水。

背景：二十四歲的青年李白從蜀地沿長江出川東下，於公元725年來
到遙遠的荊門，此地江水浩瀚，山勢開闊，想起故鄉而寫下此
詩。

譯文：從遙遠的蜀地乘船來到荊門，進入古蜀國的領地遊歷，山隨著
平坦的原野出現而逐漸消失，江水轉而流入寬闊的荒郊，月亮
映在水面好像是天外飛下的一面鏡子，而雲彩幻化在江上的倒
影宛若海市蜃樓，望著江面仍然憐愛這從故鄉流過來的水，它
不遠萬里一路送我東遊至此。

送友人

作者：唐 李白

青山橫北郭，白水繞東城。
此地一為別，孤蓬萬里征。
浮雲遊子意，落日故人情。
揮手自茲去，蕭蕭班馬鳴。

註解：郭：城外圍修建的一道牆叫郭，也稱外城。白水：清澈的河水。
蓬：一種野草，花開後隨風飄散。孤蓬：也叫飛蓬，古代以孤
蓬象徵飄泊的遊子。茲：此、這裡。蕭蕭：馬叫之聲。班：分別、
離別。

背景：此詩可能是公元 747 年李白在金陵（今南京）送別朋友所作，
也有說地點在安徽宣城，時間、地點不詳。

譯文：青山橫在外城的北邊，清澈的河水繚繞在城外的東側，在此一
分別你就像蓬草一樣隨風飛逝，浮雲讓人聯想到你天涯遊子的
飄泊，而緩緩下沉的夕陽是我對你依依不捨的留戀，揮著手在
此道別，而你的坐騎也昂首對空嘶鳴彷彿不忍離去。

送賀賓客歸越

作者：唐 李白

鏡湖流水漾清波，狂客歸舟逸興多。

山陰道士如相見，應寫黃庭換白鵝。

註解：賀賓客：即賀知章，唐代詩人，曾任太子賓客及祕書監，人稱
賀賓客或賀監。越：賀知章老家會稽（今浙江紹興）在古代屬
越國。鏡湖：賀知章老家附近的湖泊又名鑒湖，在今浙江紹興
會稽山麓。狂客：賀知章老家附近有四明山，故自稱「四明狂
客」。山陰：浙江紹興古名，因在會稽山之北，故名；此借用
東晉書法家王羲之的典故，山陰道士曾用一群白鵝作報酬，換
取王羲之替其書寫道家經典《黃庭經》，而賀知章也是著名書
法家，故有此引用。

背景：李白初到長安時，賀知章看過他的《蜀道難》一詩後驚爲天人，稱讚李白爲「謫仙人」，此後兩人喝酒論詩成爲忘年之交，公元 744 年李白在朝廷待詔翰林，此時賀知章向唐玄宗申請以道士身分退休告老還鄉，李白寫下此詩送賀賓客回老家。

譯文：鏡湖的湖水蕩漾著清澈的波瀾，你四明狂客賀知章歸還老家之後應該可以悠閒地泛舟於湖上，而且俱懷俊逸雅興之時也可以寫字怡情，效法東晉書法家王羲之寫《黃庭經》換白鵝的韻事。

送賀賓客歸越｜唐

勞勞亭

作者：唐 李白

天下傷心處，勞勞送客亭。
春風知別苦，不遣柳條青。

註解：勞勞亭：始建于三國東吳，故址在今南京西南，是古時送別之
處。遣：派遣、調派，此處指催促之意。

背景：此詩大約作於公元 747 ～ 749 年間，李白在長安被賜金放還後
重遊吳越（今蘇杭一帶），在金陵（今南京）與朋友道別，寫
下此詩。古代送別折柳相贈以表達思念，李白一生已面對過無
數次送客，深知離別之苦，他藉春風也理解離別之苦，不急著
催促柳條發青，藉以淡化離別之愁，在詩人擬人化的詩語中，
萬物皆有情。

譯文：天下最令人傷心的地方就是送客別離的勞勞亭了，春風也知道
離別的痛苦，因此不催促柳條發芽放青。

贈汪倫

作者：唐 李白

李白乘舟將欲行，忽聞岸上踏歌聲。
桃花潭水深千尺，不及汪倫送我情。

註解：汪倫：豪士汪倫（據考証曾爲涇縣令）。踏歌：唐代民間流行的一種手拉手雙足踏地爲節拍的歌舞。桃花潭：在今安徽省宣城市涇縣桃花潭鎮。

背景：公元 754 年，居住於桃花潭的汪倫仰慕大詩人李白，寫信邀請李白前往，信中說此地有桃花十里，萬家酒店，李白欣然前往，然而並無桃花十里，桃花潭只是地名，酒店也只是姓萬人家經營的酒店，但汪倫還是美酒佳餚非常熱情地招待李白，臨走時還贈送李白名馬和官錦，李白非常高興，分別前賦詩一首贈送汪倫，用以表達內心深深的情意。

譯文：我李白乘船正要離去，忽然聽到一群村民在渡口岸上踏步唱歌，這桃花潭的江水即便有千尺之深，也不及汪倫熱情送我歸去的情意啊！

宣州謝朓樓餞別校書叔雲

作者：唐 李白

棄我去者，昨日之日不可留。

亂我心者，今日之日多煩憂。

長風萬里送秋雁，對此可以酣高樓。

蓬萊文章建安骨，中間小謝又清發。

俱懷逸興壯思飛，欲上青天攬日月。

抽刀斷水水更流，舉杯消愁愁更愁。

人生在世不稱意，明朝散髮弄扁舟。

註解：宣州：今安徽宣城地區。謝朓樓：又名北樓、謝公樓，是南齊詩人謝朓任宣城太守時所建，李白曾多次登臨。校書：祕書省校書郎。叔雲：李白的族叔李雲又名李華。酣高樓：在謝朓樓上暢飲。蓬萊文章：指李雲文章；蓬萊乃東海仙山，藏有許多幽經祕籍，此意指東漢藏書之東觀，而李雲掌管唐代朝廷的圖書整理工作，故有此句。建安骨：指李雲文章有東漢末年建安七子剛健雄渾的風骨。小謝：指謝朓，另一南齊詩人謝靈運為大謝，兩人合稱二謝。攬：摘取。

背景：公元 753 年，安史之亂爆發的前兩年，李白來到宣城，他的族叔李雲剛好要從宣城離開，李白在謝朓樓設宴替他送行。此時李白已被唐玄宗從長安賜金放還，他的理想和抱負無法施展，加上他已有預感安祿山即將造反，而朝廷日益腐敗，因此更擔憂國家的未來，自己雖有青雲之志，但卻無能為力，惆悵不快，有不如歸去的感慨。此詩很有衝擊力，詩人心中的豪情壯志和現實世界的黑暗互相糾葛對抗，面對自己的族叔李雲，在以自己敬佩的前輩詩人謝朓為名的高樓中酣暢對飲，李白一吐心頭塊壘，直抒胸臆，一氣呵成，遂成此詩。

譯文：棄我而去的昔日一切已經無可挽留，擾亂我心情的現在種種又使人煩憂不堪，來這裡和你餞別就好像要送秋天的大雁南飛萬里而去，我們就在這北樓上盡情多喝幾杯吧！你的文章有著建安風骨的格調，這中間也有詩人謝朓清新雋永的氣質，我們都懷著俊逸雅興和雄壯飛揚的抱負，想要飛上青天攬取日月的光芒，只是這青雲之志事與願違，抽出刀來斬斷流水而水流得更急，舉杯喝酒想要消愁但愁緒更加濃稠，人生在世不如意，不如明天瀟灑地駕一葉扁舟獨自歸去。

宣州謝朓樓餞別校書叔雲｜唐｜

宿清溪主人

作者：唐 李白

夜到清溪宿，主人碧岩裡。
檐楹掛星斗，枕席響風水。
月落西山時，啾啾夜猿起。

註解：清溪：水名，在池州府（今安徽池州市貴池區）西南。檐楹：
屋檐下廳堂前面的梁柱。

背景：公元754年李白來到安徽池州府清溪，投宿於山居民家，寫下
此詩。

譯文：夜裡投宿在清溪附近一戶民家，主人房子位於山邊高高的碧岩
之上，從屋內往外看星斗彷彿掛於屋檐梁柱之下，床上的枕席
上響起了風吹和水流的聲音，月落西山的時候，清猿在夜色中
四處啼叫。

秋登宣城謝眺北樓

作者：唐 李白

江城如畫裡，山晚望晴空。
兩水夾明鏡，雙橋落彩虹。
人煙寒橘柚，秋色老梧桐。
誰念北樓上，臨風懷謝公。

註解：宣城：今安徽宣城。謝眺北樓：即南齊詩人謝眺任宣城太守時
　　　所建望北樓，又名謝眺樓、謝公樓。江城：泛指江邊之城，此
　　　指宣城。兩水：指宛溪、句溪。雙橋：隨文帝時宛溪和句溪上
　　　分別建有鳳凰橋和濟川橋。人煙：居民的炊煙。北樓：謝眺樓。
　　　謝公：謝眺，南齊詩人，田園山水詩的鼻祖。

背景：李白自從被唐玄宗賜金放還，離開長安後就四處漫遊，大約公
　　　元753年～754年的某個秋天，李白來到宣城望北樓，懷念起
　　　自己尊敬的前輩詩人謝眺，寫下此詩。

譯文：宣城的美景如畫，山色漸晚我登上謝眺樓眺望晴空，宛、句兩
　　　溪似明鏡一般環抱著宣城，鳳凰和濟川二橋映在水裡像天上掉
　　　落的彩虹，居民的炊煙繚繞在寒氣瀰漫的橘柚林間，梧桐樹在
　　　中秋過後已經枯老發黃，此刻除了我還有誰會登上北樓，迎著
　　　秋風瑟瑟懷念起謝公您呢？

聞王昌齡左遷龍標遙有此寄

作者：唐 李白

楊花落盡子規啼，聞道龍標過五溪。
我寄愁心與明月，隨風直到夜郎西。

註解：聞：聽說。王昌齡：唐朝著名邊塞詩人，李白的朋友。左遷：
　　　古代尊右卑左，因此把貶官、降職稱為左遷。龍標：今湖南懷
　　　化市黔陽縣。楊花：柳絮。子規：即杜鵑鳥，又稱布穀鳥，其
　　　啼聲哀婉淒切。龍標：王昌齡的貶地，此處也指王昌齡，古代
　　　常用地方官職或任職地點來稱呼一個人。五溪：五條溪流，但
　　　具體在何處尚有爭議。夜郎：漢代西南少數民族建立的小國，
　　　在今貴州遵義市桐梓縣一帶。

背景：王昌齡於公元 749～756 年由江寧（今南京）丞貶為龍標尉，
　　　這期間的李白在東南（安徽、江西、江蘇、浙江）一帶漫遊，
　　　大約公元 749 年或另一說公元 753 年李白聽到王昌齡被貶後寫
　　　下此詩。

譯文：柳絮飄零時節杜鵑鳥啼聲哀切，聽說王昌齡你被貶到蠻荒偏遠
　　　的龍標縣要跋涉經過五條溪流，我只能把對你的擔憂和關懷寄
　　　語於明月，希望能夠隨著東風一路送你直到古夜郎國西邊你的
　　　貶地。

聞王昌齡左遷龍標遙有此寄｜唐｜

與幽人山中對酌

作者：唐 李白

兩人對酌山花開，一杯一杯復一杯。
我醉欲眠卿且去，明朝有意抱琴來。

註解：幽人：隱居的高士。酌：喝酒。卿：你，含有親暱之意。

背景：李白，唐代詩人，詩人賀知章稱他爲「謫仙人」，意爲被貶謫到凡間的仙人，世稱「詩仙」。這是他很即興創作的一首詩，詩中引用東晉詩人陶淵明的典故，陶淵明喜歡飲酒，隱居期間每有朋友過來找他喝酒，他欲醉之時就很直率地對朋友說：「我醉欲眠，卿可去」。

譯文：我和隱居的一位高士一起喝酒，一旁的山花盛開爛漫，兩人酒興正酣，喝完一杯又一杯，喝得感覺快醉了，此刻就暫且學一下陶淵明的率眞，老哥啊！你先回去吧！要是覺得不夠盡興，明天你抱琴過來，我把酒先準備好，到時我們接著喝！

與史郎中欽聽黃鶴樓上吹笛

作者：唐 李白

一為遷客去長沙
西望長安不見家
黃鶴樓中吹玉笛
江城五月落梅花

註解：史郎中欽：郎中史欽，李白的一個當官的朋友，郎中乃唐代朝廷各部所屬的高級官員。遷客：被貶遷徙之人，西漢賈誼批評時政，遭權臣詆毀，被漢文帝從長安貶到湖南長沙，此處借賈誼之事來暗指李白自己。黃鶴樓：江夏黃鶴樓在今湖北武昌蛇山長江南岸，李白曾三度登臨。江城：即江夏城（今湖北武昌）。落梅花：即古笛曲《梅花落》。

背景：安史之亂爆發後，唐玄宗避難西蜀，太子李亨在甘肅靈武稱帝，而永王李璘在東南招兵買馬平亂，意圖天下，李白受邀入永王幕下，永王兵敗，李白被下獄後於公元 758 年由潯陽（今江西九江）流放夜郎（今貴州桐梓縣一帶），途中來到江夏，與朋友史欽一起登黃鶴樓，感慨人生起伏跌宕，和西漢賈誼被貶到長沙有相似的遭遇，聽到樓上有人吹笛古曲《梅花落》，五月的江城已入初夏，但詩人消沉落寞的心境，聽起來好像春寒未消，滿城梅花飄落，紛亂如雪。

譯文：我此趟被流放夜郎就像當年賈誼被貶到長沙的遭遇一樣，向西眺望長安已經看不見昔日的輝煌和熟悉的一切，在黃鶴樓中聽到有人在吹古笛名曲《梅花落》，此刻江夏城的五月我的心紛亂如雪彷彿梅花滿城飄落。

鸚鵡洲

作者：唐 李白

鸚鵡來過吳江水，江上洲傳鸚鵡名。
鸚鵡西飛隴山去，芳洲之樹何青青。
煙開蘭葉香風暖，岸夾桃花錦浪生。
遷客此時徒極目，長洲孤月向誰明。

註解：鸚鵡洲：原是湖北武昌西南長江邊上的一個小洲，東漢末年黃
祖擔任江夏太守時，其長子黃射曾在此大宴賓客，此時有人獻
上鸚鵡，名士禰衡便於席間作了一篇《鸚鵡賦》而名震一時，
後來禰衡被黃祖殺害就葬于此，故該地稱鸚鵡洲，此洲後來於
明末清初逐漸沉沒，現在漢陽邊上的鸚鵡洲是清朝中葉時新淤
的沙洲，不是唐代時的鸚鵡洲。吳江：江夏（今湖北武昌）在
三國時代屬於吳國領地，故此段長江水域稱吳江。隴山：在今
陝西隴縣西北，相傳鸚鵡出產於這裡。芳洲：香草叢生的沙洲，
此指鸚鵡洲。何：多麼、何等、何其。錦浪：浪花如錦一樣美麗。
遷客：被貶謫遷徙之人，此指李白自己。長洲：狹長的沙洲，
此指鸚鵡洲。明：照，亦指人心跡的表明。

背景：公元 758 年李白因永王李璘事件被流放夜郎（今貴州桐梓縣一
帶），從潯陽（今江西九江）途經江夏，此地有他的故人在此，
他就順便遊了黃鶴樓和鸚鵡洲，並寫下這首詩。

譯文：鸚鵡曾經來過江夏的長江邊，江上的沙洲流傳著名士禰衡的美
名，如今鸚鵡不在已經飛回隴山去了，只剩鸚鵡洲上的草木長
得多麼翠綠茂盛，春風和暖江面煙霧散開飄著蘭花香，兩岸桃
花散落江中捲起的浪花如錦繡一樣美麗，被流放至此我只能徒
然眺望遠方，就像這鸚鵡洲上孤獨的月亮我的心跡該向誰表明
呢？

遊洞庭湖五首 · 其二

作者：唐 李白

南湖秋水夜無煙，耐可乘流直上天。
且就洞庭賒月色，將船買酒白雲邊。

註解：洞庭湖：在今湖南省岳陽市西南，自古有八百里洞庭的稱號。
南湖：洞庭湖在岳州西南，故稱南湖。煙：湖面的水氣煙霧。
耐可：安可、怎麼能夠。賒：原意是買貨時延後付款，此處指
先向大自然借用，月色不能買，只能逕自欣賞享受故用賒，李
白在其《襄陽歌》裡有「清風朗月不用一錢買」的詩句。

背景：公元 759 年秋，刑部侍郎李曄被貶官嶺南（大庾嶺之南），行
經岳州（今湖南岳陽）與詩人李白相遇，當時中書舍人賈至也
被貶謫居岳州，三人一起同遊洞庭湖，李白寫下此詩。

譯文：洞庭湖秋天的水面一塵不染沒有煙霧宛若一面鏡子，此刻水天
相接，要是能夠何不就乘著小船一路划上青天，眼前這清風朗
月是不用一錢買，我們只管把船開到遠處白雲倒映的酒店那邊
盡情飲酒，暫且好好欣賞享受這難得的無邊風月。

早發白帝城

作者：唐 李白

朝辭白帝彩雲間，千里江陵一日還。
兩岸猿聲啼不住，輕舟已過萬重山。

註解：發：出發、啓程。白帝城：在今重慶奉節白帝山上，三國時劉備曾在白帝城托孤給諸葛亮。朝：早上。辭：辭別、告別、離開。江陵：今湖北荊州。

背景：公元 759 年，李白因永王李璘事件，被唐肅宗流放夜郎（今貴州銅梓一帶），行至白帝城時，剛好遇到天下大赦，李白驚喜之餘，乘船沿長江東下江陵，寫下此詩。

譯文：早上從泛著雲彩的白帝城出發乘船東下，江陵雖遠在千里之外，輕舟順流而至不過一日之間，途中長江兩岸的猿叫淒切不絕於耳，不知不覺小船已渡過無數崇山峻嶺抵達江陵。

獨坐敬亭山

作者：唐 李白

眾鳥高飛盡，孤雲獨去閒。
相看兩不厭，只有敬亭山。

註解：敬亭山在今安徽宣城市北邊。孤雲：此引用了東晉陶淵明「孤
雲獨無依」的詩句，意指作者想起陶淵明的隱士生活。

背景：李白一生起伏跌宕，對人生有很深的感悟，他曾數次登敬亭山，
對敬亭山有一種特殊的情感。公元761年，李白已至人生末年，
他來到敬亭山有一種孤獨淡然的心境，李白入長安能得唐玄宗
供奉翰林，一部分得力於玄宗胞妹玉真公主的推薦，據民間傳
說道士身分的玉真公主，曾追尋李白足跡來敬亭山隱居修道，
死後也葬于此。

譯文：所有的鳥都已高飛遠走，只有嶺上孤獨的白雲像一位隱士悠然
自在，歲月滄桑，多年過往，很多人事已非，只有敬亭山和我
靜默相對依然，一見如初。

絕句

作者：唐 杜甫

兩個黃鸝鳴翠柳，一行白鷺上青天。
窗含西嶺千秋雪，門泊東吳萬里船。

註解：黃鸝：小鳥，全身羽色鮮黃，俗稱黃鶯。白鷺：水鳥，全身白色，又稱白鷺鷥。西嶺：西嶺雪山，位於四川成都城西大邑縣。泊：停船。東吳：三國時吳國領地，在長江東南，今江蘇、浙江一帶。

背景：安史之亂爆發後，杜甫流落北方各地，公元 759 年輾轉來到四川成都投靠友人嚴武（後來任劍南節度使），他在浣花溪畔建了一個草堂，世稱杜甫草堂，全家則寄居在夔州（今重慶奉節），公元 763 年入春安史之亂平定，杜甫非常高興，寫下此詩。

譯文：兩隻黃鶯在翠綠的柳樹上跳躍鳴叫，一群白鷺排成一行在藍天上飛翔，坐在屋內窗前望著西嶺千年不化的白雪，此刻看到門外停泊的是遠在萬里之外東吳過來的船隻，心中暗喜安史之亂終於結束，交通已暢通無止。

旅夜書懷

作者：唐 杜甫

細草微風岸，桅檣獨夜舟。
星垂平野闊，月湧大江流。
名豈文章著，官應老病休。
飄飄何所似，天地一沙鷗。

註解：書懷：書寫心中情懷。桅檣：船懸掛風帆的桅杆。大江：指長江。
名：名聲。著：著名。飄飄：鳥飛翔狀，意含人的飄泊。

背景：杜甫，字子美，舉進士不第，曾任檢校工部員外郎，世稱杜工部，唐代著名詩人，被尊爲詩聖，詩與李白齊名，合稱「李杜」。大約在公元 765 年～ 768 年之間；杜甫於安史之亂後，輾轉到四川成都投靠友人嚴武，嚴武死了之後杜甫失去了依靠，他舉家由成都乘船東下，停泊在長江沿岸的忠州（今四川忠縣）或日後更東下經湖南、湖北長江沿岸的水域時有感而作（此詩確定的寫作時間和地點仍有爭議，但確是杜甫晚年作品）。

譯文：微風吹著長滿小草的江岸，我的船獨自停泊在入夜的碼頭，星斗低垂顯得平野開闊，月色映著長江流湧滾滾，想我自己出名難道是因爲文章寫得好？如今年老多病不被重用也該退休了，回想我一生飄泊勞苦，就像眼前天地間一隻孤獨飛翔的沙鷗。

江南逢李龜年

作者：唐 杜甫

岐王宅裡尋常見
崔九堂前幾度聞
正是江南好風景
落花時節又逢君

註解：江南：即江南道，唐太宗分天下為十道，江南道泛指宜昌以東，長江以南，嶺南以北的廣大區域，包含今湖北長江以南部分、湖南、江西，至唐玄宗時分天下十五道，江南東道包含江蘇、浙江地區，江南西道包含江西、安徽、湖南地區。李龜年，能歌善樂，唐玄宗時朝廷的首席樂師，曾得寵而紅極一時。岐王，唐玄宗的弟弟李隆范，好音律，被封岐王。崔九，即崔滌，在兄弟中排第九，曾任殿中監，得唐玄宗寵幸。

背景：杜甫，唐代詩人，有「詩聖」之美譽，年輕時才華洋溢，在長安時常出入岐王和崔九的門庭府邸，吟詩酬唱，並得以結識李龜年唱歌彈曲。公元755年爆發安史之亂，玄宗逃亡西蜀，朝廷崩解，群臣宮人四散流離。杜甫於公元769年輾轉流徙到潭州（今湖南長沙），隔年暮春巧遇落難賣藝維生的李龜年，正逢落花時節，江南風景雖好，而盛唐的繁華已褪去，同是天涯淪落人，兩人心中百感交集，於是寫下此詩。

譯文：我倆昔日在岐王府邸常常聚會歡飲，在崔九的宅裡也好幾次一起賦詩唱歌，可人生無常啊！現在正是江南風景最好之時，想不到歷經戰亂流離，我們卻又在花落的季節裡重逢。

江南逢李龜年｜唐

登岳陽樓

作者：唐 杜甫

昔聞洞庭水，今上岳陽樓。
吳楚東南坼，乾坤日夜浮。
親朋無一字，老病有孤舟。
戎馬關山北，憑軒涕泗流。

註解：岳陽樓：在今湖南岳陽，位於長江南岸，瀕臨洞庭湖，爲江南
　　　三大名樓之一。洞庭水：洞庭湖。吳楚：古代吳國、楚國。坼：
　　　分裂、裂開。乾坤：日月。字：書信、音訊。關山：寧夏南部
　　　的六盤山主峰或泛指關隘山嶺。北：北方邊境。憑軒：倚靠窗
　　　戶或欄杆。涕泗：鼻涕和眼淚。

背景：公元 768 年杜甫離開夔州（今重慶奉節）沿長江一路東下，到
　　　達湖南洞庭湖畔的岳陽，並登上岳陽樓寫下此詩，此時的杜甫
　　　已經生活困頓，體衰多病，思鄉憂國，晚年遲暮。

譯文：以前就聽聞洞庭湖的美名，如今有幸親登岳陽樓，古代吳國和
　　　楚國被這浩瀚湖水東南隔開，太陽和月亮就日夜漂浮在煙波渺
　　　渺之上，想起親戚朋友毫無音訊，而自己年老多病有如一葉孤
　　　舟到處飄泊，北方的邊境此刻仍然戰火未銷，倚著樓上的欄杆
　　　不知不覺鼻涕眼淚交流而下。

次北固山下

作者：唐 王灣

客路青山下，行舟綠水前。
潮平兩岸闊，風正一帆懸。
海日生殘夜，江春入舊年。
鄉書何處達？歸雁洛陽邊。

註解：次：旅途中暫時停宿，此指停泊之意。北固山：在今江蘇鎮江
北邊，佇立於長江之濱。客路：指詩人旅行的路線。青山：此
指北固山。海日：海上的旭日。鄉書：家信。歸雁：大雁秋後
南飛越冬，隔春北返，古有用大雁傳遞書信的傳說。

背景：王灣，洛陽（今河南洛陽）人，唐代詩人，曾往來吳楚之間，
此詩即是他行船從楚（湖北、湖南一帶）沿長江下吳（江蘇一
帶），停泊於北固山下時所作。

譯文：離鄉乘船來到北固山下，輕舟沿著碧水前進，江面潮水平靜而
兩岸開闊，孤帆順著風獨自飄行，夜色將盡，海上旭日東昇，
快要過年了，江岸兩側已有春天的氣息，此刻想念故鄉，想要
寫封家書但要怎麼送達呢？只有寄語北返的大雁帶回洛陽的親
人身邊。

題破山寺後禪院

作者：唐 常建

清晨入古寺，初日照高林。
曲徑通幽處，禪房花木深。
山光悅鳥性，潭影空人心。
萬籟此都寂，但餘鐘磬音。

註解：破山寺：即今興福寺位於江蘇常熟西北虞山腳下。破山寺始建
于南齊原名大慈寺，唐太宗時相傳有黑白二龍於此鬥勇，雙龍
沖進溪谷，破山成澗，故名破山寺，唐懿宗時改賜名興福寺，
沿用迄今。後禪院即禪房，古代佛寺建築，前面寺院是僧人禮
佛和作法事之處，後面禪房是僧人起居飲食之所。初日：旭日。
萬籟：大自然發出的聲音。鐘磬：寺院僧人作息和法事用的打
擊樂器。

背景：常建，唐代詩人，與王昌齡同榜進士，長於五言詩，多為田園
　　　山水題材，此詩是常建最具代表性的一首，頗具山林空寂閒靜
　　　之意境。

譯文：清晨進入破山寺，旭日照著高高的樹林，彎曲的小路通往幽靜
　　　的寺院，僧人的禪房掩映在花木深處，小鳥愉悅地鳴叫在山裡
　　　的亮光中，清澈的潭水照著倒影令人心裡空靈，天地之間此刻
　　　都寂靜無聲，只有寺院的鐘磬音迴盪在整個山林之中。

題破山寺後禪院｜唐｜

送李侍郎赴常州

作者：唐 賈至

雪晴雲散北風寒，楚水吳山道路難。
今日送君須盡醉，明朝相憶路漫漫。

註解：李侍郎：即李曄。常州：今江蘇常州。楚水吳山：李侍郎從岳
州（今湖南岳陽）沿長江東下到常州，沿途經過古代楚國和吳
國的領地，故此地區常稱楚水吳山。君：指李侍郎。漫漫：遙遠、
漫長。

背景：賈至，洛陽人，唐代詩人，公元 759 年他被貶爲岳州司馬，該
年在岳州送別李曄時作此詩。

譯文：下雪過後剛初晴，雲散了北風吹起天氣寒冷，而你要赴常州這
一去道路漫長艱辛險阻，今天送君一別必須盡情乾杯一醉方
休，以後彼此再思念起來已經相隔千山萬水了。

春思

作者：唐　賈至

草色青青柳色黃，桃花歷亂李花香。
東風不為吹愁去，春日偏能惹恨長。

註解：黃：嫩黃。東風：春風。惹：招惹、引起、觸發。

背景：賈至，唐代詩人，唐肅宗年間因事被貶岳州（今湖南岳陽）司
　　　馬，曾和李白同遊洞庭湖，此詩應為其貶謫期間所作。

譯文：青草轉綠而柳條新葉嫩黃，桃花開得令人眼花繚亂而李花於風
　　　中飄香，可是東風吹不去我羈旅失意的惆悵，而春天這樣的良
　　　辰美景偏偏能令人撩起漫長的離愁。

簡盧陟

作者：唐 韋應物

可憐白雪曲，未遇知音人。
悽惶戎旅下，蹉跎淮海濱。
澗樹含朝雨，山鳥哢餘春。
我有一瓢酒，可以慰風塵。

註解：簡：書信，此處指寫信給某人。盧陟：韋應物的外甥。白雪曲：
即《陽春白雪曲》，指高雅的樂曲。悽惶：惶恐不安。戎旅：
軍旅生涯。淮海濱：以徐州爲中心的淮河以北地區。澗：流水
的山溝。哢：鳥叫聲。瓢：用葫蘆做成的器皿，可舀酒水。

背景：韋應物，中唐詩人，名門望族出身，年輕時張揚跋扈，任唐玄
宗近身侍衛，隨駕巡幸，出入宮闈，安史之亂爆發，韋應物一
度流落失職，之後立志讀書，曾在洛陽和長安任職一些小官後，
從此就一直外放各地任職。大約在卸任滁州刺史之後的公元
785年春夏他閒居于滁州西澗，這是一首寫給他外甥盧陟的詩。

譯文：我懷才不遇，像一首可憐的《白雪》曲，雖然高雅，但曲高和
寡，一直沒有遇到欣賞的知音人，當年兵荒馬亂的軍旅生涯中
一直惶恐不安的過著日子，不知不覺在淮海一帶蹉跎了歲月，
此刻正值閒居，因而可以早上欣賞山澗樹木含著的雨露，像一
隻山鳥在晚春中自由啼叫，晚上所幸身邊還有半壺酒，可以對
一路動盪漂泊風塵的自己聊表慰藉。

寄全椒山中道士

作者：唐 韋應物

今朝郡齋冷，忽念山中客。
澗底束荊薪，歸來煮白石。
欲持一瓢酒，遠慰風雨夕。
落葉滿空山，何處尋行跡。

註解：寄：寄贈。全椒：即今安徽滁州全椒縣。郡齋：滁州刺史衙署
的房舍。齋：屋舍，常指書房、學舍、公家宿舍。山中客：全
椒縣西神山上的道士，韋應物的朋友。澗：流水的山溝。荊薪：
燒火用的雜柴。白石：古代有神仙煮白石爲餐的典故，此指山
中道士艱苦的修煉生活。瓢：將曬乾的葫蘆挖空，分成兩半，
叫做瓢，用來作舀水、酒的器具。

背景：韋應物，唐代著名詩人，安史之亂後，發奮讀書，在洛陽、長
安任職小官，後轉調滁州（今安徽滁州）刺史。韋應物到任地
方爲官，結交朋友多有僧人、道士，詩風也轉爲清淡閒適，空
寂隱逸。大約公元 783～784 年間滁州刺史任上，深秋天寒，
有一天早上韋應物在衙署屋舍內，忽然想起山中修道的朋友，
寫下此詩。

譯文：今天早上在衙署屋舍內，感覺天氣很冷，忽然想起山中修道的
朋友，想著他可能剛從山溝裡撿了一束雜柴，回來煮了一些清
苦的飯菜。在這深秋寒冷的風雨之夜，我很想帶著半壺酒，跑
去和你敘舊順便慰藉你的艱辛和寂寥，可是空谷蕭瑟滿山都是
落葉，哪裡可以找到你的行蹤呢？

滁州西澗

作者：唐 韋應物

獨憐幽草澗邊生，上有黃鸝深樹鳴。
春潮帶雨晚來急，野渡無人舟自橫。

註解：滁州：今安徽滁州。西澗：在滁州城西，俗稱上馬河。獨憐：
唯獨憐愛、喜歡。幽草：幽谷的小草。澗：流水的山溝。黃鸝：
雀形目鳥，羽色鮮黃，俗稱黃鶯。深樹：幽深茂盛之樹。春潮：
春天的潮水。野渡：郊野的渡口。橫：橫互水面。

背景：韋應物，中唐詩人，名門貴族出身，年輕時張揚跋扈，任唐玄
宗近身侍衛，出入宮闈，安史之亂後失職流落，開始發奮讀書。
韋應物之詩以田園山水著稱，帶有清冷幽寂的隱逸禪意，後人
把他和王維、孟浩然、柳宗元並稱「王孟韋柳」。韋應物當了
兩年滁州刺史後被免職，此詩於公元785年他閒居滁州西澗時
所作，歷經安史之亂後的中唐，繁華轉入蕭條，歷經人生起伏，
在京城和地方之間奔波羈旅，晚年的韋應物和僧人、道士皆有
交往，特別喜歡清幽之地，此詩也透露出他恬淡逸靜的生活心
境。

譯文：孤身一人漫步於幽谷山澗，特別喜愛那些與世無爭靜寞的小
草，偶有山鳥藏在樹上鳴叫，春天的潮水在傍晚的雨中漲得很
快，這空無一人的郊野渡口，只有小船橫互江面隨著潮汐飄蕩
不已。

秋夜寄丘二十二員外

作者：唐 韋應物

懷君屬秋夜，散步詠涼天。
空山松子落，幽人應未眠。

註解：丘二十二員外：韋應物的友人丘丹，蘇州人，曾拜尚書郎，後
隱居臨平山（今杭州臨平山）學道。屬：適逢、正值。幽人：
幽居的隱士，指丘丹。

背景：韋應物，唐代詩人，曾任滁州（今安徽滁州）刺史、江州（今
江西九江）刺史，最後官終蘇州（今江蘇蘇州）刺史，世稱韋
蘇州。此詩一貫延續韋詩空寂清靜的風格，懷念起在臨平山求
道的友人，在深秋涼夜宛若隔空相通，讓人彷彿置身空山松林
之下。

譯文：懷念你在一個深秋的夜裡，獨自散步吟詠在這涼爽的天氣中，
此時空山寂靜得只剩松子落地的聲音，幽居山上的丘丹你此刻
應該還未睡覺吧！

晚望

作者：唐 白居易

江城寒角動，沙洲夕鳥還。
獨在高亭上，西南望遠山。

註解：江城：即江州（今江西九江）。角：號角。夕鳥：晚歸之鳥。西南：
白居易好友元稹此時被貶至通州（今四川達州），通州在江州
西南，故曰西南。

背景：白居易，公元815年被貶爲江州司馬，同一年好友元稹被貶通
州，通州荒涼偏僻，毒蟲野獸出沒，白居易非常擔心，此詩即
是他在江州期間懷念故人所作。

譯文：江州城的號角在秋風中冷冷地吹響，沙洲上晚歸的水鳥紛紛還
巢，獨自站在高高的亭上，望著西南方的遠山，不知萬里之外
的故人是否安好？

大林寺桃花

作者：唐 白居易

人間四月芳菲盡，山寺桃花始盛開。
長恨春歸無覓處，不知轉入此中來。

註解：芳菲：花草艷盛之貌。

背景：白居易，字樂天，號香山居士，唐代著名詩人，與詩人元稹合
　　　稱「元白」，與詩人劉禹錫並稱「劉白」。唐憲宗年間或因寫
　　　諷諭作品，得罪權貴，而被貶爲江州（今江西九江）司馬，公
　　　元817年他和一群朋友以及僧人一同遊覽廬山，晚宿於大林寺。
　　　四月暮春，平地百花已凋零殆盡，但大林寺的桃花才剛盛開，
　　　詩人驚艷之餘寫下此詩。

譯文：人間四月春花已近尾聲，而山中大林寺的桃花才開始綻放，常
　　　常遺憾春天過了找不到花的蹤影，卻不知不覺它已經轉到山中
　　　來了。

問劉十九

作者：唐　白居易

綠蟻新醅酒，紅泥小火爐。
晚來天欲雪，能飲一杯無？

註解：劉十九：詩人劉禹錫的族兄，在家族中排行第十九，白居易的
　　　朋友，白居易也稱他爲嵩陽（今河南登封，位於嵩山南麓）處
　　　士。綠蟻：剛釀好未過濾之酒上面浮著綠色如小螞蟻的酒渣浮
　　　沫。醅：發酵後未過濾的酒。

背景：白居易，唐代詩人，此詩當是公元817年他被貶爲江州（今江
　　　西九江）司馬期間思念友人所作。

譯文：剛釀好的酒上面還浮著綠如螞蟻的酒渣，紅泥燒製的小火爐已
　　　經準備好溫一壺酒，天黑了馬上就要下雪了，劉十九啊！這樣
　　　的寒夜你何時可以過來一起喝一杯呢？

錢塘湖春行

作者：唐 白居易

孤山寺北賈亭西，水面初平雲腳低。
幾處早鶯爭暖樹，誰家新燕啄春泥。
亂花漸欲迷人眼，淺草才能沒馬蹄。
最愛湖東行不足，綠楊陰裏白沙堤。

註解：錢塘湖：即今杭州西湖。孤山寺：建在杭州西湖裡、外湖之間
孤山上的佛寺。賈亭：唐代賈全出任杭州刺史時在錢塘湖所建
的亭，又稱賈公亭。水面初平：春水上漲，湖面才和堤岸齊平。
雲腳低：浮雲低垂幾乎與波濤相連。早鶯：初春早來的黃鸝。
暖樹：向陽的樹。新燕：剛從南方飛來的燕子。啄：銜取。亂花：
繁花紛亂。漸欲：漸漸將要。迷人眼：使人眼花繚亂。

淺草：淺短的青草。沒：遮沒、蓋過。湖東：白沙堤在孤山的東北面。行不足：百遊不厭。足：滿足。綠楊：青柳。陰：同蔭，指樹蔭。白沙堤：今白堤。

背景：白居易於公元822年曾出任杭州刺史三年，此詩大約是公元823～824年期間，他春遊杭州西湖時所作，當時春光明媚，水天相接，鶯燕呢喃，繁花撩人，漫步在孤山寺裡湖（今北里湖）東邊的的白沙堤，兩行垂柳夾岸，令人心情愉悅，難怪晚年他回歸洛陽時，每每憶起江南，總忘不了杭州西湖的美好。

譯文：漫步春天的西湖，孤山寺在北賈公亭在西，上漲的湖水剛和堤岸齊平而遠處白雲很低映著湖面，幾處早來的黃鸝爭著停在向陽的樹梢，南方飛來的燕子銜泥要回哪個人家築巢，百花盛開使人眼花繚亂，新長的青草剛剛足夠蓋住馬蹄，最愛湖東邊那條兩岸夾柳綠蔭怡人的白沙堤，每次來此總令人百遊不厭，欲罷不能。

春題湖上

作者：唐 白居易

湖上春來似畫圖，亂峰圍繞水平鋪。
松排山面千重翠，月點波心一顆珠。
壁毯線頭抽早稻，青羅裙帶展新蒲。
未能拋得杭州去，一半勾留是此湖。

註解：亂峰：西湖三面環山，山峰很多，故曰亂峰。排：排列。蒲：香蒲，
一種水生植物，可以編席製扇。勾留：留戀之意。

背景：白居易，唐代詩人，公元 822～824 年調任杭州刺史三年，他
非常喜愛西湖的美景，此詩即是期間遊歷西湖所作。

譯文：西湖春天來時美得像一幅畫，群峰圍繞而湖水漲到和堤岸鋪
平，松林排列在山上蒼翠層層，月亮映在湖心像一顆明珠，抽
長的早稻像綠色毛毯的絨頭，新長的香蒲展開來似青色的綾羅
裙帶，我不能拋下杭州到別處去，有一半就是因為留戀西湖。

憶江南 · 其一

作者：唐 白居易

江南好，風景舊曾諳。

日出江花紅勝火，春來江水綠如藍。

能不憶江南？

註解：憶江南：唐教坊曲名，每首五句。諳：熟悉，作者曾在江南一
帶爲官寓居。江花：江邊的花朵。綠如藍：綠得像青出於藍。

背景：公元 822～826 年白居易曾當過杭州和蘇州刺史，有機會遊歷
江南，後來因病卸任蘇州刺史回到洛陽，晚年詩人常常憶起江
南的美好。

譯文：江南眞美好，風景以前曾經很熟悉，日出之際江邊的花朵開得
紅豔勝火，春天來時江水綠得像青出於藍，怎能令人不回憶起
江南呢？

憶江南 · 其二

作者：唐 白居易

憶江南，最憶是杭州。
山寺月中尋桂子，郡亭枕上看潮頭。
何日更重遊！

註解：山寺：即天竺寺，今稱法鏡寺，位於杭州西湖西側靈隱山（飛
來峰）山麓，晚唐詩人皮日休日後亦曾於中秋月夜來此一遊並
賦詩一首。桂子：桂花，每年於中秋盛開。郡亭：可能指杭州
城東樓或者錢塘江附近郡衙裡的亭子，地點已不可考。潮頭：
即潮峰，錢塘江入海處，江海交匯，海潮滔天，每年中秋達到
高潮，潮峰可達五米。

背景：公元822年白居易曾經當過杭州刺史，有機會遊歷江南，後來
回到洛陽，晚年詩人常常憶起江南的美好。

譯文：江南的回憶，最令人忘不了的是杭州，中秋月夜到西湖山中的
天竺寺探尋潔白芳香的桂花，枕靠郡亭上觀看澎湃奔騰的錢塘
海潮，這樣的人生美好際遇，哪一天才能夠舊地重遊呢？

憶江南‧其三

作者：唐 白居易

憶江南，其次憶吳宮。
吳酒一杯春竹葉，吳娃雙舞醉芙蓉。
早晚復相逢？

註解：憶江南：原爲唐教坊曲名，一名《望江南》，晚唐、五代之後
　　　亦作爲詞牌名。吳宮：春秋時代吳王替西施建的館娃宮，故址
　　　在今蘇州木瀆靈岩山上。吳酒：姑蘇美酒。春竹葉：美酒名。
　　　吳娃：蘇州美女，蘇州古代屬吳國，故稱。芙蓉：蓮花。

背景：白居易，唐代詩人，公元 825 年他調任蘇州刺史，有機會遊歷
　　　蘇州的名勝古蹟以及細品當地風土民情，晚年他回洛陽養老常
　　　常憶起蘇杭，憶起江南的美好。

譯文：回憶江南，接下來就是憶起吳國古蹟館娃宮，在這裡來一杯姑
　　　蘇美酒春竹葉，欣賞蘇州美女的雙人歌舞宛如出水芙蓉一樣令
　　　人陶醉，不知何時才能再度相逢這樣美好的情景啊？

憶揚州

作者：唐 徐凝

蕭娘臉薄難勝淚，桃葉眉尖易覺愁。
天下三分明月夜，二分無賴是揚州。

註解：揚州：今江蘇揚州。蕭娘：南朝以來，詩詞中男子所戀的女子
稱蕭娘，而女子所戀的男子稱蕭郎。臉薄：臉皮薄，意為易害
羞。桃葉：晉代王獻之有妾名桃葉，甚篤愛，後常作為詠歌妓
的典故；此指思念的佳人。無賴：可愛之意，令人有無可奈何
的憐惜和溺愛。

背景：徐凝，睦州（今浙江桐廬）人，唐代詩人，與白居易有酬贈往來。
他憶起在揚州和歌妓身分的戀人離別的情景，寫下這首詩。

譯文：餞行的酒宴上那佳人害羞得哭花了妝顏，離愁在她的眉尖表露
無遺，窗外明月如水，這樣的離別之夜怎能教人忘懷呢？若把
天下月明之夜分成三分，那麼讓人魂牽夢縈特別憐愛的揚州無
可奈何地占去了兩分。

楚歌十首 · 其九

作者：唐 元稹

三峽連天水，奔波萬里來。
風波各自急，前後苦相推。
倒入黃牛漩，驚沖灩澦堆。
古今流不盡，流去不曾回。

註解：黃牛：即黃牛峽，位於西陵峽中段，在宜昌附近。灩澦堆：古
代稱猶豫石，位於白帝城下瞿塘峽口，現代因阻礙航道已被炸
除，不復存在。

背景：元稹，唐代詩人，與白居易共同推行唐詩「新樂府運動」，兩人並稱「元白」，曾任監察御史，後因得罪宦官權貴，公元810年被貶為江陵府（今湖北江陵）士曹參軍，他在江陵期間寫下《楚歌十首》，本詩就是其中之一。

譯文：三峽的江水連著天際，波濤奔湧萬里而來，江風捲起浪花，後浪推著前浪，江水倒入黃牛峽形成漩渦，沖到灩澦堆令人驚心動魄，這長江水啊！古往今來向東流逝滔滔不盡，就像時光一去不曾回頭。

題稚川山水

作者：唐 戴叔倫

松下茅亭五月涼，汀沙雲樹晚蒼蒼。
行人無限秋風思，隔水青山似故鄉。

註解：稚川：地址不詳，詩意應為江南地區。茅亭：茅草亭子。汀洲：
水邊沙洲。蒼蒼：深青色。行人：旅人，此指詩人自己。秋風思：
東晉時張翰於秋風季節思念故鄉吳中的蓴菜和鱸魚，故辭官駕
舟而歸，此用其典故。

背景：戴叔倫，中唐詩人，公元 780 ～ 781 年他曾任新城（今浙江富
陽縣）令、東陽（今浙江東陽縣）令，本詩當作於此時旅行途
中。

譯文：坐在松下的茅草亭子休息，遠眺江邊沙洲高聳入雲的樹林一片
暮色蒼蒼，隔著江水的對岸青山看起來很像故鄉，此刻想起東
晉張翰的蓴鱸之思，不禁觸景生情無限懷念故鄉。

蘭溪棹歌

作者：唐　戴叔倫

涼月如眉掛柳灣，越中山色鏡中看。
蘭溪三日桃花雨，半夜鯉魚來上灘。

註解：蘭溪：婺州（今浙江金華）境內蘭溪江，亦稱蘭江，是富春江
上游的一段支流，在今浙江蘭溪市西南。棹歌：船歌，船家搖
櫓時所唱的歌謠。越：蘭溪在今浙江中部一帶，古代屬於越國
領地，故稱越。桃花雨：江南春天桃花盛開時節下的雨。

背景：戴叔倫，中唐詩人，他於公元 780 ～ 781 年時曾任東陽（今浙
江東陽縣）令，此詩即是在那期間所作。

譯文：清涼的明月像一彎蛾眉掛在水灣之上，此地古越國的景色倒映
在清澈的江面有如鏡裡看山，蘭溪在桃花盛開的時節下了三天
雨，春潮滿漲連鯉魚都於半夜湧到岸邊的淺灘來了。

蘇溪亭

作者：唐 戴叔倫

蘇溪亭上草漫漫，誰倚東風十二欄。
燕子不歸春事晚，一汀煙雨杏花寒。

註解：蘇溪亭：在今浙江義烏蘇溪鎮。漫漫：綿延不斷。十二欄：樂
　　　府古曲中有欄杆十二曲。燕子：此代指遠方的遊子。汀：水邊
　　　的小沙洲。

背景：戴叔倫，潤州金壇（今江蘇鎮江）人，中唐著名詩人，公元
　　　780年他任婺州東陽（今浙江東陽縣）令時，於暮春時節來到
　　　蘇溪亭寫下此詩。

譯文：蘇溪亭外芳草綿延不斷，是誰斜倚亭欄迎著東風歌唱欄杆十二
　　　曲呢？春天來得晚了，遠方的遊子像燕子還未歸來，煙雨籠罩
　　　的江邊一片沙洲，只有杏花在料峭春寒中花開花落。

蘇溪亭｜唐

江南三台四首 · 其二

作者：唐 王建

青草湖邊草色，飛猿嶺上猿聲。
萬里湘江客到，有風有雨人行。

註解：三台：原爲古樂府《雜曲歌詞》的一個曲調名，依題材不同有
「江南三台」、「宮中三台」等。青草湖：在湖南岳陽市西南
與洞庭湖一水相接，湖的附近有青草山，故名。飛猿嶺：指在
湖南、廣東、廣西交界的五嶺，古時此地多猿，故名。猿聲：
猿之啼叫其聲淒切，自古多代指哀傷淒涼之意象。湘江：湖南
省流入洞庭湖四大水系之一，在永州市零陵與瀟水匯流合稱瀟
湘，因古代有舜帝二妃哀夫而歿于此的典故，故瀟湘多代指悲
懷離情之意象。客：指異鄉作客之遊子，亦指詩人自己。人：
旅人，亦指詩人自己。

背景：王建，潁川（今河南許昌）人，唐代詩人，擅長樂府詩，與張
籍齊名，世稱「張王樂府」，他的寫作題材多反應民間百姓的
生活疾苦，有悲天憫人的風格，而所作大量《宮詞》亦批判權
貴的奢靡。本詩是其以三台古樂府曲創作的江南意象作品，在
中晚唐國勢衰微和社會動盪的年代，表達作者內心的憂愁和淒
涼。

譯文：青草湖上青草萋萋蔓延不斷，飛猿嶺上猿聲淒淒啼叫不絕，我
這萬里羈旅流離江南的遊子啊！獨自一人走在風雨飄搖的路
上。

江南三台四首 · 其二 | 唐 |

十五夜望月寄杜郎中

作者：唐 王建

中庭地白樹棲鴉，冷露無聲濕桂花。
今夜明月人盡望，不知秋思落誰家？

註解：十五夜：農曆八月十五的晚上，即中秋節。杜郎中：杜元穎，
王建的朋友。鴉：鴉鵲。冷露：秋天的露水。盡：皆、都。秋思：
秋天的情思，懷人的愁緒。

背景：王建，唐代詩人，於中秋月夜和琴友聚會，突然想起朋友杜元
穎，有感而發寫下此詩。

譯文：皎潔的月光映著庭院中的地面，樹上棲息的鴉鵲聒噪一陣後終
於安靜下來，夜深寂靜，清冷的露水浸濕了盛開的桂花，今夜
明月當空大家都在賞中秋，而我的思念和愁緒要寄給誰呢？

雨過山村

作者：唐 王建

雨裡雞鳴一兩家，竹溪村路板橋斜。
婦姑相喚浴蠶去，閒著中庭梔子花。

註解：婦姑：嫂姑，即媳婦和小姑。浴蠶：古時將蠶種浸在鹽水裡，
用來挑選優良蠶種，稱爲浴蠶。梔子花：一種開白色香氣濃郁
的花。

背景：王建，唐代詩人，出身微寒，擅長樂府詩，詩多從側面反映社
會矛盾和民間疾苦。

譯文：雨中傳來雞叫聲，山裡依稀住著一兩户人家，村莊的小路沿著
竹林小溪跨過一座斜橫的石板橋，民家的嫂子和小姑呼喚相邀
一起去選蠶種，忙碌的山村農作中只有庭院中間的梔子花悠閒
地盛開著。

雨過山村｜唐

湘江曲

作者：唐 張籍

湘水無潮秋水闊，湘中月落行人發。

送人發，送人歸。

白蘋茫茫鷓鴣飛。

註解：湘江：湖南省流入洞庭湖四大水系之一，在永州市零陵縣與瀟
　　　水匯流合稱瀟湘，因古代有舜帝二妃哀夫而歿于此的典故，故
　　　瀟湘多代指悲傷離別之意象。湘水：即湘江。潮：波濤。月落：
　　　月落而後日升，此指天剛要亮。行人：遠行的人。發：出發。
　　　白蘋：一種開白花的水草，古時男女常採白蘋花贈別，後來白
　　　蘋常被用來代指離別的意象。鷓鴣：一種鳥，叫聲悲切如「哥
　　　哥，哥哥」，常代指相思離別之意象。

背景：張籍，唐代詩人，擅長樂府詩，此詩是他宦遊江南所寫，語淺
　　　而情深，道盡離別愁緒。

譯文：秋天的湘江波濤平靜水面開闊，月落天欲破曉之際遠行的人就
　　　要出發，在此送人出發之後返回又是獨自一人，眺望江面茫茫
　　　的白蘋而鷓鴣叫聲悲切飛過，真是令人不勝惆悵。

江南春

作者：唐 張籍

江南楊柳春，日暖地無塵。
渡口過新雨，夜來生白蘋。
晴沙鳴乳燕，芳樹醉遊人。
向晚青山下，誰來祭水神。

註解：渡口：泊船的口岸。白蘋：一種開白色花的水草。向晚：傍晚，
臨近晚上。祭水神：江南水村居民把酒灑在船頭祭祀水神以祈
平安的活動。

背景：張籍，原籍吳郡（今江蘇蘇州），後遷居和州烏江（今安徽和縣），唐代詩人，擅長樂府詩，與王建齊名，世稱「張王樂府」，此詩為詩人宦遊江南時所作。

譯文：春天江南楊柳新綠，天候溫暖空氣清新，泊船的口岸剛下過一場雨，一夜之間就長滿了白蘋草，晴朗的沙洲上剛出生不久的幼燕歡快地叫著，芳香的樹木令人陶醉，傍晚的青山腳下，不知哪家村民正在祭祀水神，祈求來年一家平安。

寄和州劉使君

作者：唐 張籍

別離已久猶爲郡，閒向春風倒酒瓶。
送客特過沙口堰，看花多上水心亭。
曉來江氣連城白，雨后山光滿郭青。
到此詩情應更遠，醉中高詠有誰聽？

註解：和州：今安徽和縣。劉使君：即詩人劉禹錫，張籍的朋友。郡：
　　　古代的行政區域，唐改爲州。沙口堰、水心亭：位址皆在和州。
　　　郭：外城。

背景：張籍，原籍吳郡（今江蘇蘇州），後遷居和州烏江（今安徽和
　　　縣），唐代詩人，曾任水部員外郎，世稱張水部，擅長樂府詩，
　　　與王建齊名，世稱「張王樂府」。與孟郊和白居易交好，公元
　　　824 年春劉禹錫調任和州刺史，和州剛好是張籍的家鄉，張籍
　　　於是寫了此詩寄贈。

譯文：離別已久你還在郡州地方任職，閒來你應該可以在春風中盡情
　　　暢飲，送客之時會特意經過沙口堰，看花多半會在水心亭，入
　　　晚之後江上的水氣和城連成一片白霧茫茫，下雨過後城牆外的
　　　青山會分外清朗，到了這裡你的詩情應該會更加豁達邈遠，當
　　　你醉中高聲吟詠自己的詩句，除了我張籍還有誰願意側耳傾聽
　　　呢？

西塞山懷古

作者：唐　劉禹錫

王濬樓船下益州，金陵王氣黯然收。
千尋鐵鎖沉江底，一片降幡出石頭。
人世幾回傷往事，山形依舊枕寒流。
今逢四海為家日，故壘蕭蕭蘆荻秋。

註解：西塞山：在今湖北黃石市長江南岸之濱，自古是軍事要塞。王
　　　濬：西晉益州刺史。益州：即今成都。金陵：南京古名。尋：
　　　古代長度單位，大約兩臂平伸之距離。降幡：投降的旗子。石頭：
　　　即石頭城，金陵城的別稱。故壘：舊時的壁壘。蕭蕭：秋風颯
　　　颯之聲。蘆荻：蘆與荻，皆親水草本植物。

背景：劉禹錫，唐代詩人，公元824年他由夔州（今重慶奉節）調任
　　　和州（今安徽和縣）刺史時沿長江東下途經西塞山時，觸景生
　　　情，想起晉武帝司馬炎派益州刺史王濬建大船東下滅東吳，三
　　　國時代乃告結束的往事，有感而發寫下此詩。

譯文：王濬的戰艦從益州沿長江東下出征，曾經顯赫輝煌的金陵城王
　　　者之氣就黯然失色了，橫互在江面的巨大鐵鎖被王濬軍隊燒熔
　　　沉入江底，東吳後主孫皓只得舉著降旗出城投降，世上有多少
　　　回令人感傷的往事起伏跌宕，而此刻西塞山背靠寒冷的長江滾
　　　滾依然，當年三國爭雄的時代已經結束如今四海一家，只有山
　　　上的舊時壁壘蘆荻搖蕩在秋風蕭蕭之中。

烏衣巷

作者：唐 劉禹錫

朱雀橋邊野草花，烏衣巷口夕陽斜。
舊時王謝堂前燕，飛入尋常百姓家。

註解：烏衣巷：在今南京市東南，曾經是三國東吳的禁軍駐地，由於當時禁軍身著黑色軍服，故該地俗稱烏衣巷。王謝：王導和謝安兩大貴族，西晉永嘉之亂，五胡亂華，衣冠南渡，東晉定都於建康（今南京），他們家族和後裔居住於烏衣巷舊址之上。

背景：劉禹錫，河南滎陽（今河南鄭州）人，唐代著名詩人，曾任職監察御史，唐順宗年間參加以王叔文為首的「永貞革新」，結果失敗後屢遭貶謫，劉禹錫一身傲骨，多次被貶仍不改其特立獨行的風格，有「詩豪」之稱。在詩文成就上，與柳宗元並稱「劉柳」，與白居易合稱「劉白」，並與韋應物、白居易合稱「三傑」。公元826年，劉禹錫由和州（今安徽和縣）刺史任上返回洛陽，途經金陵（今南京），曾經是六朝首都的繁華富貴之地，至盛唐時已是破敗衰落，他懷古感慨遂作此詩。

譯文：金陵古城的朱雀橋邊長滿了野花野草，夕陽斜照著烏衣巷的巷口，昔日王導謝安兩大貴族大堂屋簷下築巢的燕子，現在都已經飛到尋常百姓的家中去築巢和覓食了。

石頭城

作者：唐 劉禹錫

山圍故國周遭在，潮打空城寂寞回。
淮水東邊舊時月，夜深還過女墻來。

註解：石頭城：遺址位於今南京西邊清涼山上，三國東吳曾在此依石
壁築城據守，稱石頭城，後人亦用石頭城代指當時首都建業或
金陵古城。故國：唐朝之前，東吳、東晉、南朝宋、齊、梁、
陳共六朝皆建都於石頭城（今南京）故稱故國。淮水：即貫穿
石頭城的秦淮河。舊時：指六朝之時。女墻：女兒墻，指石頭
城上防守用的矮墻。

背景：中晚唐時，朝廷鬥爭劇烈，國運日趨衰敗，劉禹錫多次被貶，羈旅各地，公元826年他結束了和州（今安徽和縣）刺史的任期，奉調召回洛陽，返回之前他遊歷了石頭城（金陵古城），目睹曾經繁華無比的六朝金粉如今景象荒涼，懷古有感寫下此詩。

譯文：曾經繁華一時的六朝古都四周青山環繞依然，而此刻眼前只剩滾滾江潮來回拍打著荒涼寂寞的金陵古城，今晚秦淮河東邊升起的仍是當年的明月，夜深人靜之後，彷彿還越過城垛上的矮牆來留戀昔日的輝煌。

石頭城│唐

酬樂天揚州初逢席上見贈

作者：唐 劉禹錫

巴山楚水淒涼地，二十三年棄置身。
懷舊空吟聞笛賦，到鄉翻似爛柯人。
沉舟側畔千帆過，病樹前頭萬木春。
今日聽君歌一曲，暫憑杯酒長精神。

註解：樂天：即白居易，字樂天。巴山楚水：巴即今重慶一帶，古屬巴國，楚即今湖南、湖北一帶，古屬楚國。聞笛賦：乃借用西晉向秀路過已故嵇康之舊居，聽聞鄰人吹笛，懷念友人而作《思舊賦》之典故。爛柯人：柯斧柄也，相傳晉人王質上山砍柴，觀兩童子下棋，等觀棋結束，手中斧柄已經朽爛，下山回到村裡，已經過去了一百年。君：你，指白居易。

背景：詩人劉禹錫早年於唐順宗年間參加以王叔文爲首的「永貞革新」，失敗後屢遭貶謫而流寓於四川、湖北、湖南一帶任職，二十三年後，公元826年他欲回洛陽前與詩人白居易於揚州相遇，兩人喝酒敘舊，白居易有詩《醉贈劉二十八使君》贈劉禹錫。劉禹錫暮年返鄉，感慨友人故去，人事全非，人生雖遭逢跌宕，但仍要振作精神，積極活著，故寫此詩回贈答謝白居易。

譯文：被貶到古屬巴國和楚國這個令人傷心淒涼的地方啊！二十三載的盛年就這樣被荒廢了，懷念起昔日的親朋好友，可我這一回去恐怕親友已故而人事全非，我就像那江畔的沉船看著千帆過往而自己羈困不得前行，但是春天來了病樹前頭萬木枝條翠綠延展，今天聽了你吟誦贈我的這首詩篇，暫且借你這杯酒我要重新振奮起精神來。

望洞庭

作者：唐 劉禹錫

湖光秋月兩相和，潭面無風鏡未磨。
遙望洞庭山水翠，白銀盤裡一青螺。

註解：洞庭：洞庭湖，在今湖南省北部。山：洞庭山，今稱君山。青螺：
青色田螺，此指洞庭湖中的君山島。

背景：劉禹錫，唐代詩人，公元 824 年秋他由夔州（今重慶奉節）刺
史轉調和州（今安徽馬鞍山市和縣）刺史，沿長江東下途經洞
庭湖時寫下此詩。

譯文：湖光氤氳秋月朦朧兩相輝映，潭面無風水波平靜像一面未經磨
拭的銅鏡，遙望洞庭湖的山水層林蒼翠，君山島在煙波萬頃的
月光下宛若銀盤裡的一只青螺。

江雪

作者：唐 柳宗元

千山鳥飛絕，萬徑人蹤滅。

孤舟蓑笠翁，獨釣寒江雪。

註解：徑：小路。蓑：蓑衣，古代防雨用。笠：斗笠，古代用來遮陽或遮雨、雪。

背景：柳宗元，字子厚，河東（今山西運城）人，世稱柳河東，唐代詩人，唐順宗年間他參加了以王叔文主導的「永貞革新」運動，最後失敗，因此被貶爲永州（今湖南永州市零陵區）司馬，公元805～815年下放永州爲官十年寫下了著名的散文《永州八記》，此詩就是在該期間所作。這首詩很有畫面感，猶如一幅中國寫意山水，而畫面中的漁人老翁又何嘗不是懷才不遇的柳宗元自己孤獨的寫照呢？

譯文：群山蕭索看不到一隻飛鳥，曠野寒冷所有的路上行人無影無蹤，在寂寥的天地之間，環顧四周，此刻只發現一位身穿蓑衣頭戴斗笠的老翁，坐在一葉扁舟之上，獨自垂釣於白雪茫茫的江面。

漁翁

作者：唐 柳宗元

漁翁夜傍西岩宿，曉汲清湘燃楚竹。

煙銷日出不見人，欸乃一聲山水綠。

回看天際下中流，岩上無心雲相逐。

註解：傍：靠近。西岩：即西山，在今湖南零陵縣西湘江外。曉：清晨。汲：取水。湘：湘江之水，流經永州，最後匯入洞庭湖。楚：西山此地古屬楚國。欸乃：象聲詞，搖櫓之聲或是人的長呼聲。

背景：柳宗元，河東（今山西運城永濟）人，唐代詩人，唐宋八大家之一，世稱柳河東，因官終柳州刺史，又稱柳柳州。公元806年柳宗元因參加以王叔文主導的「永貞革新」而被貶永州（今湖南永州），湘江流經此地，他在此寫下著名的《永州八記》，也創作詩歌表達自己獨立悠然的心境，本詩就是其中之一。

譯文：那個漁翁昨夜在西山腳下睡覺，早晨打起湘江清水用竹燒火煮飯，日出之後江面煙霧消散卻不見人影，隨著搖櫓大呼一聲忽然漁翁出現在翠綠的山水相映之間，回頭一看小船已經乘流而下蕩漾在天際，山岩上的白雲悠悠飄在江面好像和漁翁互相追逐。

早梅

作者：唐 柳宗元

早梅發高樹，迥映楚天碧。
朔吹飄夜香，繁霜滋曉白。
欲為萬里贈，杳杳山水隔。
寒英坐銷落，何用慰遠客。

註解：發：開花。迥：遠。楚：柳宗元被貶永州（今湖南永州零陵區，
靠近廣西），該地古代隸屬楚國。朔吹：北風吹。滋：增加。杳杳：
遙遠的樣子。英：花。寒英：指梅花。坐：突然。銷落：凋謝、
零落。客：詩人的朋友。

背景：柳宗元，字子厚，被貶永州長達十年，此詩當是他寓居永州時
思念友人所作。

譯文：初春的梅花在高高的樹枝上開放，遠遠地映在碧藍的楚天上，
夜晚的北風吹來陣陣飄香，清晨的濃霜凍得更加潔白了，我想
折一枝寒梅在萬里之外寄贈給你，可是千山萬水重重相隔，眼
看梅花即將凋謝零落，此刻用什麼能安慰你遙遠的思念呢？

金縷衣

作者：佚名

勸君莫惜金縷衣，勸君惜取少年時。
有花堪折直須折，莫待無花空折枝。

註解：金縷衣：綴有金線的衣服，比喻榮華富貴。君：諸君、各位。堪：
可以。直須：直接，不要猶豫。莫待：不要等待。

背景：這是唐代一首樂府詩，據聞唐憲宗年間鎮海（長江東南江浙一
帶）節度使李錡酷愛此詩，常命侍妾杜秋娘在酒宴上演唱，但
詩的作者已不可考。詩人借花之名似有意涵，少年時要奮發圖
強，有愛情的對象要勇敢追求，有建功立業的機會要努力爭取，
不要等到時光流逝一事無成，而空留遺憾。

譯文：我勸諸君，不要貪圖眼前的榮華富貴，要珍惜少年的時光，花
開宜折之時不要猶豫，不要等到花謝之後只折個空枝。

遊子吟

作者：唐 孟郊

慈母手中線，遊子身上衣。
臨行密密縫，意恐遲遲歸。
誰言寸草心，報得三春暉。

註解：遊子：離家遠行的旅人。吟：一種可以吟唱的詩歌體裁。臨：
　　　將要。意恐：擔心。寸草：小草，此比喻子女。三春：即春天，
　　　古時農曆稱正月爲孟春，二月爲仲春，三月爲季春，合稱三春。
　　　暉：陽光，此比喻母愛。

背景：孟郊，字東野，湖州武康（今浙江德清縣）人，唐代詩人，詩
　　　多苦寒之音，有「詩囚」之稱，與韓愈交好，又詩與賈島齊名，
　　　有「郊寒島瘦」之稱。他家境清寒，寒窗苦讀至四十六歲才中
　　　進士，五十歲才當上溧陽（今江蘇溧陽）縣尉這樣的小官，後
　　　把母親接來同住，有感於長年在外飄泊流離，只有親情最爲可
　　　貴，於是寫下此一感人肺腑之詩。他有另一首《遊子》：「萱
　　　草生堂階，遊子行天涯。慈親倚堂前，不見萱草花。」異曲同
　　　工。

譯文：慈母用手中一針一線，替遠行的遊子縫製衣服，臨行前細心地
　　　把衣服緊密地縫扎好，擔心兒子回來晚了衣服中途破損，有誰
　　　說像我們如小草般的子女，能夠報答得了母愛如春天的陽光普
　　　照潤澤的恩情呢？

尋隱者不遇

作者：唐 賈島

松下問童子，言師採藥去。
只在此山中，雲深不知處。

註解：尋：尋找、拜訪。隱者：隱士，詩人的朋友。師：師父。

背景：賈島，中唐詩人，以「推敲」典故聞名的苦吟詩人，作詩風格
　　　清瘦苦寒和孟郊齊名，被宋代詩人蘇軾稱為「郊寒島瘦」，而
　　　到晚唐和五代時賈島的詩作非常受一般民眾歡迎。這首詩創作
　　　年代不詳，大都名為賈島所作，但據考證也可能是另一唐代詩
　　　人孫革（江南人）所作後被誤列賈島詩作，但現已無從定論。

譯文：到山中拜訪一位隱居的朋友，在友人住處的松樹下問了看家的
　　　小童，小童回答說，師父到山中採藥去了，就在這雲霧繚繞的
　　　深山某處，具體位置他也不知道。

雜詩

作者：佚名

近寒食雨草萋萋，著麥苗風柳映堤。
等是有家歸未得，杜鵑休向耳邊啼。

註解：寒食：寒食節，靠近清明節，禁煙火，只吃冷食，故名，後來
　　　和清明節合而為一。萋萋：草茂盛之貌。杜鵑：又名布穀鳥或
　　　子規鳥，啼聲淒切。

背景：本詩作者不詳。

譯文：靠近寒食節時細雨霏霏，青草茂盛滋長，春風吹著麥苗柳樹映
　　　著河堤輕輕飄蕩，我們都是有家卻不能回去的遊子，因此杜鵑
　　　鳥啊！千萬不要在耳邊啼叫，以免徒增思鄉的愁緒。

尋陸鴻漸不遇

作者：唐 皎然

移家雖帶郭，野徑入桑麻。
近種籬邊菊，秋來未著花。
扣門無犬吠，欲去問西家。
報道山中去，歸來每日斜。

註解：陸鴻漸：陸羽，字鴻漸，著有《茶經》一書，有「茶聖」之美
　　　譽，是作者的朋友。郭：外城，亦泛指城牆。籬邊菊：此引用
　　　陶淵明《飲酒》中的詩句：「採菊東籬下，悠然見南山」。著
　　　花：開花。西家：西邊鄰居。報道：回報說到、回答說。日斜：
　　　日暮西斜。

背景：皎然，唐代詩僧，本姓謝，乃南朝宋詩人謝靈運的十世孫，湖
　　　州（今浙江湖州）人。他有一次前去拜訪茶聖陸羽的新居，主
　　　人不在，留下此詩以爲記。

譯文：陸羽把家遷到靠城牆的偏僻地帶，野外的小路通往種桑樹和麻
　　　的地方，靠近屋子的籬笆邊上種著菊，秋天到了還沒開花，敲
　　　門半天也沒有狗叫，於是跑去西邊鄰居問問情況，結果回答說
　　　「茶聖」到山裡頭去了，回來之時都是每天日暮西斜了。

潤州題金山寺

作者：唐 張祜

一宿金山寺，超然離世群。
僧歸夜船月，龍出曉堂雲。
樹色中流見，鐘聲兩岸聞。
翻思在朝市，終日醉醺醺。

註解：潤州：今江蘇鎮江。金山寺：又名江天禪寺，在今江蘇鎮江金
山上，瀕臨長江南岸。宿：住宿。朝市：比喻塵世的名利。

背景：張祜，唐代詩人，中晚唐宦官專權，早期他宦遊江南，干謁諸
侯不得志，後又遍訪蘇杭一帶名寺，一天來到金山寺，有感於
仕途坎坷，反思惆悵，寫了此詩。

譯文：來金山寺住了一夜，感覺超凡脫俗彷彿離開塵世，僧人在月色
中乘船歸來寺裡，早上的大殿上空彩雲幻化有如祥龍飛舞，從
翠綠的大樹下可以遠眺山下的流水，悠揚的鐘聲迴盪在長江兩
岸，反覆回想之前爲了仕途名利而到處奔波，失敗的挫折令人
不得不終日借酒澆愁啊！

題金陵渡

作者：唐 張祜

金陵津渡小山樓，一宿行人自可愁。
潮落夜江斜月裡，兩三星火是瓜洲。

註解：金陵渡：長江南岸的一個渡口名，在今江蘇省鎮江市北邊。津：渡口。宿：住宿、過夜。行人：旅客，此指詩人自己。自：當。斜月：下半夜西斜的月亮。星火：閃爍的燈火。瓜洲：位於長江北岸，在今江蘇揚州邗江區南郊的一個古鎮，也是古運河南北交通的千年古渡，與金陵渡隔江相對。

背景：張祜，唐代著名詩人，曾寓居淮南（淮河以南，長江以北，今安徽、江蘇中部一帶），後隱居終老丹陽（今江蘇鎮江市丹陽）。

譯文：行船到金陵古渡住宿在渡口附近的一家小旅店，濃厚的羈旅愁緒令人夜不能寐，起床望著遠處，半夜的月亮已經西斜而兩岸的江水已經退潮，夜深人靜，此刻長江對岸的瓜洲只見有少許閃爍的燈火。

泊秦淮

作者：唐 杜牧

煙籠寒水月籠沙，夜泊秦淮近酒家。
商女不知亡國恨，隔江猶唱後庭花。

註解：泊：停船。秦淮：即秦淮河，相傳爲秦始皇爲南巡會稽郡（今
江蘇、浙江一帶）時開鑿從龍藏浦流經秣陵（今南京）入長江
的一段河流，漢代稱淮水，唐代改稱秦淮。商女：商業場所的
歌女，在酒樓或船舫以賣唱爲生。後庭花：即《玉樹後庭花》曲，
用此曲填歌詞者以南朝陳後主陳叔寶最爲有名，陳後主爲亡國
之君，後世皆以此詞曲爲亡國之音的代名詞。

背景：杜牧，晚唐著名詩人，詩和李商隱齊名，並稱「小李杜」，他
來到昔日南朝陳國首都建康（今南京），心中有著無限的感慨，
晚唐國勢衰微，朝廷鬥爭腐敗，詩人對個人前途和國家命運充
滿了擔憂和悲觀。

譯文：煙霧籠罩著寒冷的江水，朦朧的月色籠罩著沙岸，夜晚停船於
秦淮河畔酒家近處，酒家的歌女不能體會亡國的悲恨，隔江對
面還在唱著當年南朝亡國之君陳叔寶的《玉樹後庭花》。

贈別 · 其二

作者：唐 杜牧

多情卻是總無情，唯覺樽前笑不成。
蠟燭有心還惜別，替人垂淚到天明。

註解：樽：古代盛酒的容器，亦泛指酒杯，此代稱酒宴。

背景：杜牧，唐代詩人，公元833～835年曾於淮南節度使牛僧孺幕
下任職，寓居揚州（今江蘇揚州）期間喜歡宴遊，欲離開揚州
赴長安前夕，與揚州一位歌妓分別故有此詩。

譯文：多情人滿懷離別的愁緒卻看起來像無情，只覺得在離別的酒宴
上彼此都笑不出來，只有蠟燭知道傷心依依惜別，替有情人默
默流著眼淚直到天明。

贈別 · 其二｜唐｜

寄揚州韓綽判官

作者：唐 杜牧

青山隱隱水迢迢，秋盡江南草未凋。
二十四橋明月夜，玉人何處教吹簫？

註解：判官：節度使的屬官，杜牧曾在淮南節度使牛僧孺幕下任職，
與韓綽是同僚。隱隱：隱隱約約。迢迢：江水遙遠悠長。凋：
凋萎。二十四橋：傳說中的一座揚州磚橋，橋上曾有二十四位
美女在此吹簫，也有一說，揚州在盛唐之時有二十四座名橋。
玉人：美貌之人，此處是對韓綽的美稱。

背景：此詩大約是公元 836 年杜牧離開揚州後懷念昔日同僚判官韓綽
而作，詩中透露詩人對揚州青山綠水和良辰美景的一種往日情
懷。

譯文：遙遠的青山隱約而綠水悠長，江南的秋末草還未凋萎，二十四
橋上月光如醉，朋友啊！此刻你在何處聽美人吹簫呢？

江南春

作者：唐 杜牧

千里鶯啼綠映紅，水村山郭酒旗風。
南朝四百八十寺，多少樓台煙雨中。

註解：郭：外城，此處指城鎮。酒旗：掛在酒店門外作爲招牌的小旗。
南朝：南北朝時代，南朝有宋、齊、梁、陳四國。四百八十寺：
南朝皇帝和貴族好佛，所建佛寺眾多。

背景：杜牧，晚唐著名詩人，詩和李商隱齊名，兩人合稱「小李杜」。
杜牧仕途並不得志，他當官的生涯一直處於朝廷「牛李黨爭」
的風暴下，因此他外放各地羈旅，曾在江南任職多年，目睹煙
雨江南的春天，到處桃紅柳綠，鳥語花香，而以前南朝盛極一
時的佛寺，在唐武宗下詔滅佛之後，也籠罩在江南的煙雨之中，
詩人此刻心中當也有所感慨。

譯文：江南的春天到處桃紅柳綠鶯鳥啼叫，水鄉山城各地酒旗迎風飄
揚，南朝曾經鼎盛一時的幾百座寺院，此刻在煙雨籠罩之中的
樓台裡還有多少依然香火延續呢？

清明

作者：唐 杜牧

清明時節雨紛紛，路上行人欲斷魂。
借問酒家何處有，牧童遙指杏花村。

註解：清明：清明節，節期在仲春與暮春之交，是傳統的踏青節或掃墓節。杏花村：關於杏花村到底位於何處的爭議頗多，除了安徽貴池，有說在山西汾陽，有說在江蘇豐縣，也有說在湖北麻城，目前沒有定論，也有可能杏花村只是意指開著杏花的村落，或只是地名和杏花無關，但是酒店位於清明時節的某個村鎮是確定的。

背景：杜牧，京兆萬年（今陝西西安）人，晚唐詩人，晚年曾居樊川別業，世稱杜樊川。他於唐憲宗年間陷入牛僧孺和李德裕爲首的「牛李黨爭」風暴後，曾被貶到黃州、池州、睦州、湖州等地方任刺史。公元 844 年四十二歲的杜牧遷任池州（治所在今安徽池州貴池縣）刺史，本詩大約在隔年春天清明前後所作。

譯文：清明節期間出行，整天細雨連綿，路上的行人都情緒落寞，此刻想找個地方吃飯喝酒休息，便詢問路過牧牛的兒童，他指著前面開滿杏花的村落說那裡便有了

題烏江亭

作者：唐 杜牧

勝敗兵家事不期，包羞忍辱是男兒。
江東子弟多才俊，捲土重來未可知。

註解：烏江亭：在今安徽和縣烏江鎮，相傳爲西楚霸王與劉邦楚漢相
　　　爭，兵敗自刎之地。項羽兵敗退至烏江，烏江亭長攜船欲東渡
　　　項羽過江，但項羽覺得無臉見江東父老，故不渡。不期：不能
　　　預期、難以預料。江東：長江自西而東流經江西九江之後轉爲
　　　由南向北，從漢至隋唐稱自安徽蕪湖以下的長江南岸爲江東。

背景：杜牧，晚唐詩人，公元 841 年他赴任池州（治所在今安徽池州
　　　市貴池區）刺史時路過烏江亭，有感而發寫了這首詩。

譯文：自古兵家勝敗很難預料，但是大丈夫應該要能屈能伸，況且江
　　　東人才濟濟，試想如果項羽當年能夠忍辱負重，重整旗鼓，誰
　　　輸誰贏還很難説。

漢江

作者：唐 杜牧

溶溶漾漾白鷗飛，綠淨春深好染衣。
南去北來人自老，夕陽長送釣船歸。

註解：溶溶漾漾：水波蕩漾之貌。

背景：公元839年杜牧赴京任職，由宣州（今安徽宣城）出發，到潯
　　　陽（今江西九江）乘船溯江而上進入漢水，一路北上長安。由
　　　長江之濱的漢陽（今湖北漢陽）接漢水北上長安這條水路自古
　　　是南來北往的交通要道，詩人奔波於此有感而發，寫下此詩。

譯文：漢江的水波蕩漾白色的鷗鳥成群掠飛，深澄的江水碧綠得好像
　　　可以染衣服，我在此南來北往為前途奔波，人不知不覺就老了，
　　　時光流逝人事變遷，只有江上的夕陽每天照樣送著釣魚的船兒
　　　歸去。

赤壁

作者：唐 杜牧

折戟沉沙鐵未銷，自將磨洗認前朝。
東風不與周郎便，銅雀春深鎖二喬。

註解：赤壁：三國赤壁古戰場，在今湖北省赤壁市西北赤磯山。折戟：
折斷的戟。戟：古代兵器。前朝：赤壁之戰的三國時代。周郎：
東吳大都督周瑜。銅雀：銅雀臺，三國曹操所建的樓台，故址
在今河北臨漳縣。二喬：東吳喬公兩位女兒，大女兒嫁給孫策
稱大喬，小女兒嫁給周瑜稱小喬，兩者合稱二喬。

背景：公元842～844年杜牧任黃州（今湖北黃岡）刺史期間，路過
三國赤壁古戰場，睹物懷古寫下此詩。

譯文：撿到一截折斷的兵器，這半埋在沙土裡的戰戟鏽跡斑斑尚未完
全銷蝕，把它磨洗乾淨後認出來是三國赤壁之戰的遺物了，回
想歷史，要是當年東風沒有給周瑜方便火燒曹軍連環船，那麼
東吳兩大美女大喬小喬可能就要淪為曹操的戰利品被擄到銅雀
臺去了。

山行

作者：唐 杜牧

遠上寒山石徑斜，白雲深處有人家。
停車坐愛楓林晚，霜葉紅於二月花。

註解：深處：另一版本亦作生處。坐愛：複合動詞，坐著並喜愛。（一
　　　些版本著作把「坐」釋義成「因爲」，其實頗有爭議。）

背景：晚唐詩人杜牧，號樊川居士，世稱杜樊川，寫作此詩的年代不
　　　詳，而他遊賞的楓林，據聞是在今湖南長沙的嶽麓山麓，但不
　　　可考，此地現建有「愛晚亭」，而湖南長沙嶽麓山與江蘇蘇州
　　　天平山、北京香山，現並稱爲中國三大賞楓勝地。

譯文：寒氣瀰漫的秋天遠山有一條石徑逶迤而上，白雲繚繞的山麓深
　　　處住著鄉野人家，停車坐在山邊小路喜愛欣賞這片楓林的暮
　　　色，此刻經過霜凍的紅葉比二月盛開的春花還要豔麗。

遣懷

作者：唐 杜牧

落魄江湖載酒行，楚腰纖細掌中輕。
十年一覺揚州夢，贏得青樓薄倖名。

註解：遣懷：排遣情懷。楚腰：春秋戰國時楚靈王喜歡細腰，宮中女
子忍飢束腰，餓死者眾。掌中輕：相傳漢成帝皇后趙飛燕，身
輕如燕，能在掌上舞。揚州：今江蘇揚州。青樓：古代歌樓妓
院之稱。

背景：杜牧，晚唐詩人，文采風流，公元 833～835 年他投入淮南節
度使牛僧孺幕下，寓居揚州。他當官的生涯也一直處於朝廷「牛
李黨爭」的風暴下，因此外放多地，輾轉羈旅，仕途並不得志，
雖出身名門望族並自負經略之才，但懷才不遇。後來在黃州刺
史任上，他追憶起過去十年，自己未能建功立業，歲月蹉跎，
恍如大夢乍醒，此時詩人歲漸遲暮對未來感到悲觀。

譯文：我懷才不遇羈旅各地縱酒消愁，常流連於秦樓楚館的輕歌曼舞
之中，像當年揚州那樣的風流歲月十年之後才恍然如大夢初
醒，而江湖過往只是贏得一些薄情負心的罵名罷了。

落日悵望

作者：唐 馬戴

孤雲與歸鳥，千里片時間。
念我何留滯，辭家久未還。
微陽下喬木，遠燒入秋山。
臨水不敢照，恐驚平昔顏。

註解：孤雲與歸鳥：此處皆有代指詩人自己之意。片：片刻。微陽：
　　　微弱光線的太陽，指斜陽、夕陽。平昔：平素、往昔。顏：容顏、
　　　面貌。

背景：馬戴，晚唐詩人，擅長五言律詩，公元847年在太原（今山西
　　　太原）幕府掌書記時因直言被貶爲龍陽（今湖南漢壽縣）尉，
　　　此詩創作年代不詳，可能是被貶期間思念家鄉所作。

譯文：那片孤雲和歸鳥彷彿片刻之間就已飛馳千里了，就像我滯留遙
　　　遠的貶地離開家鄉很久還沒回去，夕陽從喬木樹林西下，遠望
　　　好像秋天的山巒都燃燒起來了，臨水不敢照自己的面貌，恐怕
　　　多年的離愁讓昔日的容顏蒼老太多把自己嚇到。

楚江懷古 · 其一

作者：唐 馬戴

露氣寒光集，微陽下楚丘。
猿啼洞庭樹，人在木蘭舟。
廣澤生明月，蒼山夾亂流。
雲中君不見，竟夕自悲秋。

註解：楚江：長江於洞庭湖附近的水域在古代屬於楚國，故曰楚江。
微陽：夕陽。楚丘：洞庭湖附近的山丘也是古楚國領地故稱楚
丘。洞庭：洞庭湖，在今湖南岳陽。木蘭舟：古代用木蘭樹所
刻的舟，後世常作爲船的美稱。澤：水澤。雲中君：楚國詩人
屈原有一篇楚辭《九歌 · 雲中君》歌頌雲神屏翳，故後人稱
雲神爲雲中君；另一說法指雲夢澤中的水神即湘君，但此處是
代指屈原。竟夕：整個晚上。

背景：馬戴，晚唐詩人，擅長五言律詩，公元847年在太原（今山西
太原）幕府掌書記時因直言被貶爲龍陽（今湖南漢壽縣）尉，
他由北方南下行船至洞庭湖，洞庭湖曾是戰國時代楚國詩人屈
原因直諫而被楚王放逐行經之地，作者有類似遭遇，至此觸景
生情懷古思幽。

譯文：冷露聚集寒氣襲人，夕陽已經落下楚地的山丘，洞庭湖的樹林
裡猿聲啼叫淒切，乘著木蘭舟在湖面泛遊，廣闊的水澤上升起
了月亮，兩岸青山在夜色蒼茫中夾著湧動的流水，懷想起偉大
的楚國詩人屈原，自己不禁整夜在秋風蕭瑟中悲思無眠。

憶江南

作者：唐 溫庭筠

梳洗罷，獨倚望江樓。
過盡千帆皆不是。
斜暉脈脈水悠悠。
腸斷白蘋洲。

註解：憶江南：又名《望江南》，原爲唐代教坊曲名，後亦用作詞牌名。
望江樓：泛指江邊思婦眺望歸人之小樓。斜暉：午後斜陽。脈脈：
含情相視之貌。白蘋：一種開白花的水草，古時男女常採白蘋
花贈別。白蘋洲：江邊長著白蘋的洲渚，此處代指分別之地。
這首詩是詩人描述一位江南女子思念遠方歸人所創作的。

背景：溫庭筠，字飛卿，太原祁縣（今山西太原）人，著名晚唐詩人、
詞人，精通音律，詩詞兼工，雖然長相醜陋，但風格婉約柔美，
與李商隱並稱「溫李」，另詩韻濃豔柔靡，和韋莊都是花間派
代表人物，並稱「溫韋」，他更被稱爲花間鼻祖。

譯文：清洗梳妝完畢，獨自憑欄倚靠在江畔的小樓眺望遠方，數不清
的船隻行過江面，沒有一艘是歸人所乘，從早上望到午後斜陽，
我對你的思念像江水悠悠永無止境，一回想當年在這裡分別的
情景，此刻令人肝腸寸斷。

瑤瑟怨

作者：唐 溫庭筠

冰簟銀床夢不成，碧天如水夜雲輕。
雁聲遠過瀟湘去，十二樓中月自明。

註解：瑟：撥彈樂器，常和琴合奏。瑤瑟：鑲有寶玉華美之瑟。簟：
　　　竹席。冰簟：涼爽的竹席。銀床：裝有銀飾華美之床。瀟湘：
　　　瀟水和湘江在湖南永州零陵縣匯流合稱瀟湘，此泛指湖南一
　　　帶；傳說大雁南飛過冬，到了湖南衡陽回雁峰後隔年春天北返。
　　　十二樓：傳說神仙居所有十二樓，此代指思婦之閨房。

背景：溫庭筠，字飛卿，晚唐詩人，花間詞派的代表人物，這是他創
　　　作的一首閨怨詩。

譯文：躺在涼爽竹席的銀床上卻夜不能寐，起身彈瑟，碧藍的夜空清
　　　澈如水而浮雲非常輕柔，聽到雁群的叫聲飛往南方的瀟湘遠
　　　去，深秋的閣樓中只有我一人望著天邊的明月。

送人遊吳

作者：唐 杜荀鶴

君到姑蘇見，人家盡枕河。
古宮閒地少，水港小橋多。
夜市賣菱藕，春船載綺羅。
遙知未眠月，思鄉在漁歌。

註解：吳：蘇州古時隸屬吳國，亦稱吳縣。姑蘇：蘇州古稱。枕：靠著，
指房子靠水。古宮：古都，蘇州在春秋時代曾爲吳國首都，此
亦代指古建築的房子。水港：河中泊船之處，一作水巷。綺羅：
絲綢，此處代指穿著精美華麗衣服的男女。漁歌：船上漁家的
歌唱，亦稱船歌。

背景：杜荀鶴，池州石埭（今安徽石台）人，晚唐詩人。這是他的一
首送別詩作，友人欲去蘇州，臨別前詩人向友人描繪蘇州他所
知道的情景。

譯文：朋友啊！你到姑蘇那邊去會看見，那兒人家的房子都是臨河而
建，古式的建築屋宇相連沒什麼空地，水巷交錯架著許多小橋。
夜市上充斥著賣菱角和蓮藕的聲音，船上載著衣著華麗春遊的
男女，我知道遠方的你，在不眠的月夜，聽到船上漁家的歌唱
一定會懷念起我來。

送人遊吳｜唐

湘口送友人

作者：唐 李頻

中流欲暮見湘煙，葦岸無窮接楚天。
去雁遠沖雲夢雪，離人獨上洞庭船。
風波盡日依山轉，星漢通宵向水連。
零落梅花過殘臘，故園歸醉及新年。

註解：湘口：湘江匯流洞庭湖的入口，在今湖南岳陽。暮：傍晚。葦：
蘆葦。楚天：一作楚田，湘江流域古時屬於楚國領地。雲夢：
雲夢澤，在今洞庭湖北岸，跨湖北、湖南兩省境內。雲夢雪：
一作雲夢澤。離人：此指李頻的友人。洞庭：洞庭湖。星漢：
銀河。臘：臘月，農曆十二月。及：一作又。

背景：李頻，睦州壽昌（今浙江建德）人，晚唐詩人，這是他在湘江
　　　入洞庭湖的渡口送別友人所寫的一首詩。

譯文：接近傍晚之時湘江的水面煙霧氤氳，江岸的蘆葦一望無際直達
　　　天邊，寒冬將盡北返的大雁沖飛了雲夢澤的霜雪，友人獨自搭
　　　船從洞庭湖向北離去，可路程遙遠，船依山而轉白日要經歷許
　　　多風浪，夜晚的星空和水面連成一片，梅花飄零凋落臘月就要
　　　結束，你剛好回家過年團聚與親人歡飲同醉。

天竺寺八月十五日夜桂子

作者：唐 皮日休

玉顆珊珊下月輪，殿前拾得露華新。
至今不會天中事，應是嫦娥擲與人。

註解：天竺寺今稱法鏡寺，位於杭州西湖西側靈隱山（飛來峰）山麓。
桂子：桂花。珊珊：輕盈、舒緩之貌。露華新：露珠沾花顯得
清新。天中事：天上月宮之事，此指吳剛伐桂。嫦娥：神話中
后羿之妻偷食靈藥飛入月亮住在廣寒宮成為月神。擲：投、拋、
扔。

背景：皮日休，復州竟陵（今湖北天門）人，晚唐著名詩人，自號鹿
門子、醉吟先生，詩作與陸龜蒙齊名，世稱「皮陸」。他高中
進士後一年東遊蘇杭一帶，至杭州西湖靈隱山天竺寺時值中秋
月夜，寺內桂花盛開，有感寫下此詩。

譯文：桂花潔白如玉在月夜中輕盈掉落，在寺院大殿庭前撿起沾著露
珠的花朵顯得格外清新，這應該是嫦娥灑向人間的吧！到現在
仍不明白為何廣寒宮中的吳剛老是要砍掉這麼美的桂樹呢？

淮上與友人別

作者：唐 鄭谷

楊子江頭楊柳春，楊花愁殺渡江人。
數聲風笛離亭晚，君向瀟湘我向秦。

註解：淮：淮水。淮上：即今江蘇揚州。揚子江：長江從南京往下流
　　　到出海口這段水域的古稱。頭：渡口、碼頭。楊花：柳絮。愁
　　　殺亦作「愁煞」，形容離愁很深。渡江人：乘船離別之人。離亭：
　　　驛站的亭子，古人在此送別分離，故稱離亭。君：指友人。瀟湘：
　　　瀟水和湘江，此指湖南一帶。秦：此指長安都城，在陝西境內，
　　　而陝西在古代屬秦國。

背景：鄭谷，晚唐詩人，因寫《鷓鴣詩》聞名，人稱鄭鷓鴣，這首是
　　　詩人在揚州送別友人時所作。

譯文：長江渡口上春天的楊柳依依，柳絮隨風飛逝增添了離人深深的
　　　愁緒，驛亭裡在暮色風中傳來一陣離別的笛聲，此地一為別，
　　　天涯各一方，你往瀟湘南下我卻奔赴西秦。

白蓮

作者：唐 陸龜蒙

素花多蒙別豔欺，此花端合在瑤池。

無情有恨何人覺？月曉風清欲墮時。

註解：素花：素雅之花。端合：實在應該。瑤池：仙境，傳說爲西王母所居。欲墮時：將凋謝之時。

背景：陸龜蒙，吳縣（今江蘇蘇州）人，唐代詩人，自號甫里先生，曾做過湖州（今浙江湖州）和蘇州刺史的幕僚，後隱居松江甫里（今江蘇甪直）耕田、釣魚、飲茶、作詩，詩與皮日休齊名，合稱「皮陸」。

譯文：素雅之花總是被妖豔的花朵欺負，這樣高風亮節的花啊！實在應該開在仙境，它潔身自愛不阿諛奉承看似無情被人冷落，帶著這樣的恨意在清風曉月之下獨自花開花落，又有幾人能夠察覺呢？

金陵圖

作者：唐 韋莊

江雨霏霏江草齊，六朝如夢鳥空啼。

無情最是台城柳，依舊煙籠十里堤。

註解：金陵圖：詩名，一作《台城》。金陵：今南京，曾是六朝古都。
霏霏：細雨綿綿，江南春天常有的景象。六朝：三國東吳、東晉、
南朝宋、齊、梁、陳共六朝建都於建業、建康（古稱金陵）。
台城：舊址在今南京玄武湖旁，六朝時此地建有高樓，是供帝
王宴飲遊樂的場所。

背景：韋莊，晚唐詩人，長安名門望族之後，五代十國時曾任前蜀宰
相，四世祖是唐代著名詩人韋應物，他與另一詩人溫庭筠同為
「花間派」代表人物，兩人並稱「溫韋」。

譯文：細雨綿綿的春江青草離離，金陵建都的六朝已逝如夢，如今只
有小鳥空啼，最無情的是台城岸邊的垂柳，不管朝代更迭，人
事全非，每年照樣佇立在煙雨籠罩的長堤，獨自花開花落。

虞美人

作者：五代南唐 李煜

春花秋月何時了，往事知多少？
小樓昨夜又東風，故國不堪回首月明中。
雕欄玉砌應猶在，只是朱顏改。
問君能有幾多愁？恰是一江春水向東流。

註解：虞美人：唐教坊曲名，後用爲詞牌名。東風：春風。故國：指南唐故都金陵（今南京）。雕欄玉砌：雕花的欄杆和玉石砌成的台階，此泛指南唐宮殿。朱顏：美人、懷念的人。朱顏改：美人色衰，亦暗指亡國，人事已非。君：作者自己，指李煜本人。

背景：南唐亡於宋，李煜被幽禁於宋都汴京（今河南開封）已三年，公元 978 年農曆七夕，他有感而發命故妓作樂唱此詞，被宋太宗趙光義知道後賜牽機藥毒死，故此作乃他的絕命詞。李煜，五代十國南唐末代君主，精書法繪畫，通音律，善填詞，世稱李後主。

譯文：春天的花開，秋天的月圓，何時才會結束呢？想起過去有太多令人傷心的往事了，小樓昨夜又吹起東風，登樓望月怎能不回首故國的點點滴滴。那些華麗的宮殿應該都還在，只是現在已經人事全非，試問自己心中的愁恨有多少呢？只覺就像春天的江水一路向東流逝，無窮無盡。

相見歡

作者：五代南唐 李煜

林花謝了春紅，太匆匆。

無奈朝來寒雨晚來風。

胭脂淚，相留醉，幾時重。

自是人生長恨水長東。

註解：相見歡：原爲唐代教坊曲名，後亦作爲詞牌名。重：重逢。

背景：李煜，五代南唐亡國之君，亡國後被宋幽禁於汴京（今河南開封），此後詞多傷感悲凄。

譯文：林間的春花禁不住早上的寒雨和晚上的冷風，凋謝得太匆忙了，多少醉人的夜晚，美人哭花了妝顏訴說著離別的無奈，如今何時能再重逢呢？這種人生的悲恨啊！就像一江春水向東流去，滔滔不絕。

漁歌子

作者：五代前蜀 李珣

荻花秋，瀟湘夜，橘洲佳景如屏畫。
碧煙中，明月下，小艇垂綸出罷。
水為鄉，篷作舍，魚羹稻飯常餐也。
酒盈杯，書滿架，名利不將心掛。

註解：漁歌子：唐教坊曲名，後亦作詞牌名。荻：似蘆葦，秋開紫花。
瀟湘：瀟水、湘江，兩江合流至湖南永州零陵後流入洞庭湖。
橘洲：位於湖南長沙湘江中，古代多產橘，又名橘子洲。垂綸：
垂釣。綸：較粗的絲線，常指釣魚線。篷：船上遮風雨的帳子，
此指船。

背景：李珣，梓州（今四川三台）人，五代詞人，前蜀滅亡後他不願
繼續在後蜀朝廷為官，駕著一艘小船沿長江東下，在湖南、湖
北一帶隱居，在此他創作了大量描寫隱逸生活的詞作，這首便
是其中之一。

譯文：荻花迎風瑟瑟，瀟湘水邊的秋天，橘子洲的風景美得像屏風上
的畫。月光下的江水澄碧輕柔帶著煙霧，坐在小船上剛剛垂釣
完畢。在這裡雲水就是家鄉，船篷就是住宅，家常便飯就是魚
羹湯和稻米飯，杯中有酒喝，架上有書讀，名利對我而言早已
放下，如過往雲煙。

山園小梅

作者：宋 林逋

眾芳搖落獨暄妍，占盡風情向小園。
疏影橫斜水清淺，暗香浮動月黃昏。
霜禽欲下先偷眼，粉蝶如知合斷魂。
幸有微吟可相狎，不須檀板共金樽。

註解：眾芳：指百花。暄妍：明媚亮麗，指梅花。疏影：梅花枝影。暗香：梅花幽香。霜禽：白色禽鳥或寒天中的禽鳥。偷眼：偷窺。合：應該。微吟：吟詩。狎：親近、玩賞。檀板：打拍子用的檀木拍板，此處指唱歌彈曲。金樽：華麗的酒杯，此處指飲酒。

背景：林逋，後人稱和靖先生，錢塘（今浙江杭州）人，北宋隱逸詩人。年輕時曾浪遊江淮，後歸隱杭州西湖山中，種梅養鶴，終生不娶，世人稱其「梅妻鶴子」。林逋這首詩引用了五代南唐詩人江爲的斷句「竹影橫斜水清淺，桂香浮動月黃昏」，僅改動兩字，之後卻成千古名句。詩人種植的梅花盛開之際，不但占盡小園風情，連禽鳥粉蝶都要爲之銷魂，有幸在花下吟詩賞玩，不用唱歌喝酒，就已然陶醉。

譯文：梅花在各花凋落之後獨自綻放，在小園之內占盡了所有的風情，稀疏的影子橫斜在清澈淺淺的水面，在黃昏之後的月色中隱約飄散著香氣，寒天中的禽鳥下到梅樹之前先偷看幾眼，粉蝶這個時候如果能身臨其境應該會驚豔斷魂，幸好可以在自家小園的梅花跟前吟詩欣賞，此刻不用打板和歌飲酒助興就已然陶醉。

泊船瓜洲

作者：宋 王安石

京口瓜洲一水間，
鍾山只隔數重山。
春風又綠江南岸，
明月何時照我還？

註解：泊船：停船。瓜洲：位於長江北岸是今江蘇揚州邗江區南郊的一個古鎮，也是古運河南北交通的千年古渡。京口：位於長江南岸在今江蘇鎮江地區，和瓜洲僅長江一水之隔。鍾山：即江寧（今南京）鍾山，又名紫金山，乃王安石家鄉，隔著數重山在瓜洲之西，相隔不到兩百里。

背景：王安石，字介甫，北宋著名文學家、詩人、政治家，為唐宋八大家之一。宋神宗年間，王安石拜相肩負變法革新重任，史稱熙寧變法，但群臣意見分歧，而且執行上也有諸多問題，王安石遭罷相後返回家鄉江寧鍾山，後又二度拜相，公元 1075 年春天他北上首都東京（又稱汴京，在今河南開封）任職，行船途經瓜洲，雖然又再度受皇恩寵幸，如沐春風，但面對朝廷紛爭和黨派鬥爭，詩人此刻感到前途未卜，改革難料，佇立船頭，明月當空，兩袖清風，心中或已萌生歸隱還鄉的念頭。

譯文：對岸的京口和瓜洲只有長江一水之遙，而鍾山離瓜洲不遠也只隔著幾座山而已，此刻春風又吹綠了江南的水岸，像今夜這樣明亮的月光何時才能照著我的歸帆回到家鄉呢？

憶江南

作者：宋 王安石

城南城北萬株花，池面冰消水見沙。
回首江南春更好，夢為蝴蝶亦還家。

註解：株：棵。消：消融、融解。春：春天。夢：作夢。

背景：王安石在宋神宗年間主持熙寧變法，意在富國強兵，雖出於公心，但改革卻也造成官與民爭利，引起朝野極大的震撼，在與反對黨勢力的較勁當中，王安石兩度拜相又遭罷相，最後返回江寧（今南京）鍾山老家退隱而終。在為官的過程中，他清廉正直，勤奮盡心，頂著工作中極大的壓力和疲勞，往往忙到不修邊幅，但卻也經常憶起江南春天的美好，連做夢都想化作一隻蝴蝶翩躚飛回家鄉。

譯文：城南城北萬花盛開，池面的冰雪消融清澈見底，回首江南春天更加美好，我做夢變成一隻蝴蝶都想飛回老家。

梅

作者：宋 王安石

牆角數枝梅，
凌寒獨自開。
遙知不是雪，
為有暗香來。

註解：凌寒：嚴寒、酷寒。暗香：暗中飄香。

背景：宋神宗年間，王安石主持的變法革新，以失敗告終，兩度拜相
　　　又被罷相之後，王安石心灰意冷最後退隱江寧（今南京）老家，
　　　面對挫折艱難的處境，他自認無愧於天地，但此刻詩人的心情
　　　和牆角的梅花一樣只能默然挺立，孤獨地承受嚴寒，凌傲霜雪，
　　　自放芬芳。

譯文：牆角的數枝梅花，不畏嚴寒獨自開放，遠遠看去和雪一樣潔白，
　　　但我知道那不是雪，因為有一股香氣暗中飄來。

鍾山晚步

作者：宋 王安石

小雨輕風落棟花，細紅如雪點平沙。
槿籬竹屋江村路，時見宜城賣酒家。

註解：晚步：傍晚閒逛。棟花：苦楝，春末開紫紅色細小的花蕊。平
　　　沙：平坦廣闊的沙原。槿：木槿花。籬：籬笆、籬落。宜城賣
　　　酒家：此泛指酒家，東漢時宜城酒甚爲有名。

背景：王安石，字介甫，宋代著名詩人、政治家，封荊國公，世稱王
　　　荊公。宋神宗年間兩度拜相又遭罷相的王安石，於公元 1076
　　　年退隱江寧（今南京）鍾山老家，此後他的詩作愈趨閒淡清
　　　雅，本詩即是其晚年閒居所寫。

譯文：輕風飄著小雨灑落在苦楝花上，細小紫紅的花瓣像雪一般輕盈
　　　散落在平坦廣闊的沙原，路過一戶木槿爲籬青竹做廬的江村民
　　　居，往前再走便可以看見不遠處有賣酒的人家。

惠崇春江晚景 · 其一

作者：宋 蘇軾

竹外桃花三雨枝，春江水暖鴨先知。
蔞蒿滿地蘆芽短，正是河豚欲上時。

註解：蔞蒿：草名，有青蒿、白蒿等種。蘆芽：蘆葦的嫩芽，可食用。
河豚：產於江海交界處的一種魚，肝臟和卵巢有劇毒，但肉質
鮮美可食用，每年春天從大海洄溯淡水中產卵。上：指逆江而
上。

背景：《惠崇春江晚景》詩共兩首，是北宋詩人蘇軾題惠崇的《春江
晚景》畫所創作的。第一首詩題「鴨戲圖」，第二首題「飛雁
圖」。惠崇，北宋僧人，福建建陽人，能詩善畫，《春江晚景》
描繪的是江南初春的景物，具體地點可能在今江蘇省長江南岸
的江陰（尚無定論），而公元 1085 年蘇軾看到此畫後題詩，
可能卻是在宋代都城汴京（今河南開封）。

譯文：竹林外的桃花有幾株已經開放了，鴨子比人先知春天的江水變
暖而悠游其上，蔞蒿已長滿草地而蘆葦剛開始發芽，此刻正是
河豚溯江而上最為肥美的時候。

題西林壁

作者：宋 蘇軾

橫看成嶺側成峰，遠近高低各不同。
不識廬山真面目，只緣身在此山中。

註解：題：書寫。西林壁：西林寺牆壁，西林寺始建於東晉，位於廬
山北麓。橫看：從橫向看；因爲廬山山脈是南北走向，所以從
東西兩面來看叫橫看。側：側面；跑到南北方向來看也就是直
著看。識：認識。廬山：今江西省九江市廬山，位於鄱陽湖西北。
緣：因爲、由於。此山：指廬山。

背景：公元 1084 年，蘇軾由黃州（今湖北黃岡）貶地改遷汝州（今
河南臨汝）團練副使，途中經過江西九江時，與友人參寥同遊
廬山。蘇軾在廬山中遊歷一陣，來到西林寺後領悟廬山景色的
奧妙和莫測高深，於是在該寺牆壁上題了此詩。

譯文：在東西兩面橫著看是山嶺連綿，從南北兩側直著看則是高峰聳
立。從遠近高低不同的距離和角度看則山勢各有不同，看不清
廬山的真正面貌，原來只因爲自己就置身其中啊！

飲湖上初晴後雨‧其二

作者：宋 蘇軾

水光潋艷晴方好，山色空濛雨亦奇。
欲把西湖比西子，濃妝淡抹總相宜。

註解：潋艷：波光蕩漾閃耀之狀。空濛：雲霧迷濛的樣子。西湖：今杭州西湖。西子：西施，春秋時代越國美女。

背景：蘇軾，字子瞻，號東坡居士，北宋著名詩人、文學家，唐宋八大家之一。宋神宗年間他上書談論新法弊病，招致王安石不滿，後主動請求出京調職，故就任杭州通判達四年，期間於公元1073年與友人在西湖船上飲酒，一開始天氣晴朗，之後下起雨來，只可惜當時的客人已經喝醉，沒有機會欣賞西湖的雨景之美，這是原詩的第一首，於是詩人有點遺憾便寫了第二首（即本詩）。

譯文：西湖的晴天水光閃耀蕩漾，觀看它的美景正好，然而在雨天煙霧迷濛的山色也是非常奇妙，如果把西湖比作絕世美女西施，那麼它的美麗不管是濃豔的晴天還是淡雅的雨天，都還是那樣恰到好處令人陶醉。

牡丹

作者：宋 蘇軾

小檻徘徊日自斜，只愁春盡委泥沙。

丹青欲寫傾城色，世上今無楊子華。

註解：牡丹：有花王之稱，開於春末。檻：泛指欄杆。委：衰敗、委
　　　靡，此處爲凋萎或委身之意。丹青：朱紅和青色，常爲繪畫用
　　　色，後作爲繪畫的代稱。傾城：絕世美女的代稱。楊子華：南
　　　北朝北齊畫家，擅長畫人物、宮苑、花鳥等，時人有「畫聖」
　　　的美譽。

背景：蘇軾，字子瞻，宋代詩人，號東坡居士，好詩酒書畫，文采風
　　　流，也是愛花雅士。

譯文：獨自在花園的小欄杆邊賞花，日已西斜還流連徘徊不忍離去，
　　　我憂愁的是春天將盡如今盛開的花朵到時就要凋萎於泥沙之
　　　中，想要提筆繪畫留下那絕世美麗的容顏，無奈這世上再沒像
　　　北齊畫聖楊子華那樣可以栩栩如生地重現牡丹的風華。

海棠

作者：宋 蘇軾

東風裊裊泛崇光，香霧空濛月轉廊。
只恐深夜花睡去，故燒高燭照紅妝。

註解：東風：春風。裊裊：清風微微吹拂之貌。泛：閃動。崇光：高
貴華美的光澤。空濛：霧靄朦朧之狀。月轉廊：月亮轉到迴廊
那邊去了。花睡去：據載唐玄宗曾對楊貴妃醉酒而眠稱海棠春
睡。紅妝：以美女比作紅妝。

背景：蘇軾，宋代著名詩人，善於以景物比喻人，他也有把西湖比作
西子（西施）的詩句。

譯文：春風微微吹拂，海棠花閃動著高貴華美的亮光，朦朧的霧靄夜
空中泛著陣陣幽香，而月亮已經轉到迴廊那邊去了，我只恐
怕花兒在深夜睡去，因此點著蠟燭高高地照耀這美人一般的花
朵。

次元明韻寄子由

作者：宋 黃庭堅

半世交親隨逝水，幾人圖畫入凌煙？
春風春雨花經眼，江北江南水拍天。
欲解銅章行問道，定知石友許忘年。
脊令各有思歸恨，日月相催雪滿顛。

註解：元明：黃庭堅的哥哥，黃大臨，字元明。子由：蘇軾的弟弟蘇轍，
字子由。凌煙：凌煙閣，唐太宗時曾令畫家閻立本把二十四位
開國功臣的人像畫在凌煙閣，以表彰他們的功績；此處指建立
功名。經眼：從眼前飛過。銅章：指縣令用的銅製印章。石友：
指志同道合的金石之交，此指子由。忘年：忘年之交，蘇轍比
黃庭堅大七歲。脊令：原是一種水鳥，首尾動搖相應，此藉指
兄弟。雪滿顛：比喻白髮滿頭。

背景：黃庭堅，號山谷道人，世稱黃山谷，宋代詩人、書法家，江西
詩派開山鼻祖，與蘇軾齊名合稱「蘇黃」，書法為宋四家之一。
他在吉州太和縣（今江西泰和）當縣令時蘇轍被貶官在筠州（今
江西高安），公元1082年春他根據哥哥黃元明曾寄給蘇轍詩
中的韻腳創作詩一首也寄給蘇轍。

譯文：時光如江水流逝，我們之間親密的友誼已交往半世了，如今在
朝廷黨爭中受挫失敗不能像凌煙閣的勳臣一樣建立功名，春天
的落花隨雨在眼前飛過，此刻的長江南北兩岸水浪滔天，很想
辭官解印去向你請教人生之道，我相信你這位忘年之交的同志
摯友一定不會嫌棄，彼此都有各自的哥哥在外地不能相聚引以
為恨，無奈歲月催人，我們都已經滿頭白髮了。

題八詠樓

作者：宋 李清照

千古風流八詠樓，江山留與後人愁。
水通南國三千里，氣壓江城十四州。

註解：八詠樓：原名玄暢樓、元暢樓，南臨婺江（即今金華江），南
朝齊文學家沈約任東陽（今浙江東陽）郡太守時始建，他在此
曾作《八詠詩》，唐代後更名八詠樓，樓址在今浙江金華市婺
城區。南國：指大宋南方的領地，當時北方已被金人占領。江
城：江南城鎮。十四州：宋代兩浙東、西路（今江南蘇杭一帶）
共轄十四州，故稱十四州。

背景：李清照，字易安，宋代著名女詞人，北宋亡於金後，公元 1134
年她南下避難投奔亡夫趙明誠的妹婿，寄居於婺州（今浙江金
華），南宋遷都到臨安（今浙江杭州）後，抗金收復中原態度
消極，公元 1135 年歷經戰亂流離的李清照登八詠樓倚欄眺望
一片大好河山，為國憂愁心中惆悵，有感而發寫下此詩，這是
她比較晚期的作品。

譯文：這千古風流的八詠樓啊！曾經有多少騷人墨客英雄豪傑登臨作
詩吟詠，你看那樓外的婺江直通大宋南方的沃野千里，它的氣
勢磅礡雄據江南城鎮十四州之冠，可是值此亂世啊！這美好的
江山誰主浮沉只能留給後人去憂愁了。

題八詠樓｜宋｜

題烏江亭

作者：宋 李清照

生當作人傑，死亦為鬼雄。
至今思項羽，不肯過江東。

註解：烏江亭：在今安徽和縣烏江鎮，相傳為西楚霸王與劉邦楚漢相
爭，兵敗自刎之地。項羽兵敗退至烏江靠近長江岸邊，烏江亭
長攜船欲東渡項羽過長江，但項羽覺得無臉見江東父老，故不
渡。江東：長江從蜀地東流而下至江西九江時改由南向北一直
到江蘇南京才又東西走向，因此江西九江至江蘇南京此段長江
水域之東自古稱江東。

背景：李清照，宋代著名詩人、詞人，公元 1127 年北宋亡於金國之
後，李清照由山東濟南避難南京一帶，南宋高宗趙構遷都臨安
（今杭州）後一昧避戰求和，偏安一隅，毫無收復中原之志，
歷經戰亂流離的李清照對朝廷的消極作為頗有微詞，公元 1129
年有一次行舟過烏江時，懷古思今，感慨萬千，寫下此詩，以
古諷今。

譯文：活著之時你是人中豪傑，即便死了你也是鬼界英雄，到現在人
們還懷念著項羽，你的氣概蓋世寧可戰死也不願渡過江東苟活。

題臨安邸

作者：宋 林升

山外青山樓外樓，西湖歌舞幾時休。
暖風熏得遊人醉，直把杭州作汴州。

註解：臨安：南宋都城，在今浙江杭州。金人攻陷北宋都城汴京後，
南宋移都到臨安。西湖：位於杭州城西，稱西湖。熏：吹。汴州：
北宋都城，在今河南開封。

背景：南宋移都臨安後，宋高宗趙構不但沒有積極整備，圖謀統一，
反而偏安求和並打壓迫害力主北伐的忠臣良將岳飛等人，並且
歌舞昇平在首都過著奢靡浮華的生活，至西湖有「銷金鍋」之
稱號。士人林升，溫州平陽人，因不滿執政當局的腐朽，在首
都臨安的一家旅店的牆壁上寫下了這首「牆頭詩」。

譯文：都城的亭臺樓閣高聳林立在青山綿延之中，西湖之濱夜夜弦歌
妙舞何時才能停止呢？溫暖的春風吹得達官貴人飄飄欲醉，簡
直把此時的杭州當成了當年的汴州。

遊山西村

作者：宋 陸游

莫笑農家臘酒渾，豐年留客足雞豚。
山重水復疑無路，柳暗花明又一村。
簫鼓追隨春社近，衣冠簡樸古風存。
從今若喜閒乘月，拄杖無時夜扣門。

註解：春社：古代立春後用來祭拜土地公和五穀神以祈豐收的節日。
乘月：趁著月光。無時：隨時。

背景：陸游，字務觀，號放翁，宋代著名詩人，與王安石、蘇軾、黃
庭堅並稱宋代四大詩人。宋孝宗年間他主張積極抗金，戰敗後
遭主和派排擠，公元 1166 年從隆興府（今江西南昌）被罷官
後回老家越州山陰（今浙江紹興），隔年春天在故里附近遊山
西村，受到農家熱情款待，寫下此詩。

譯文：不要笑農家臘月裡釀的酒渾濁，在豐收的年景他們待客可是殺
雞屠豬，保證你酒足飯飽，跋山涉水一度懷疑沒路了，沒想到
沿著溪流和山徑，一路上經過無數濃密的垂柳和亮麗的野花，
竟發現山村就在眼前。去時剛好靠近春社祭拜節日，村民依照
古代風俗穿著樸素的衣服和頭冠吹簫打鼓，並且熱情地邀請我
以後閒著沒事，就拄著拐杖乘著月色來此串串門子，還表示就
算夜裡到訪來敲門也隨時歡迎。

梅花絕句 · 其一

作者：宋 陸游

聞道梅花坼曉風，雪堆遍滿四山中。
何方可化身千億，一樹梅花一放翁。

註解：聞道：聽說。坼：裂開、分裂，此處指綻放、開放。曉風：晨風。
何方：什麼方法。放翁：陸游，字務觀，號放翁。

背景：陸游，宋代愛國詩人，與蘇軾、王安石、黃庭堅並稱「宋代四
大詩人」。公元 1202 年陸游閒居在自己老家越州山陰（今浙
江紹興），寫下此詩。

譯文：聽說梅花在晨風中綻放了，滿山遍野像雪堆一樣，我突然大發
奇想，有什麼方法可以把自己化成千萬個人，讓每一棵梅樹前
面都有一個陸放翁可以盡情賞梅呢？

示兒

作者：宋 陸游

死去元知萬事空，但悲不見九州同。
王師北定中原日，家祭無忘告乃翁。

註解：示兒：告示兒子。元知：原本知道，元通「原」。但：但是、只是。
九州：古代分天下為九州，此指宋代疆域。同：統一。王師：
國家軍隊。乃翁：你的父親，此指陸游。

背景：陸游，越州山陰（今浙江紹興）人，宋代愛國詩人，以抗金和
收復中原為畢生職志，公元 1210 年，他八十五歲臨終前，寫
下此詩，告示兒子們，完成他的遺囑。

譯文：人死之後原本知道萬事就已了然毫不相關了，只是仍然悲傷遺
憾的是不能親眼看見國家的統一，當我朝軍隊平定北方收復中
原的那一天，兒子啊！你們舉行家祭的時候別忘了告訴你們的
老父親啊！

橫塘

作者：宋 范成大

南浦春來綠一川，石橋朱塔兩依然。
年年送客橫塘路，細雨垂楊繫畫船。

註解：橫塘：在今江蘇蘇州市西南，此地是姑蘇（蘇州）城內河和京
　　　杭大運河的交匯處，自古設有船運交通驛站。南浦：橫塘驛站
　　　位於姑蘇城西南的水邊，是送往迎來之地，故稱南浦，亦泛指
　　　水邊送別之地。繫：用繩拴著。畫船：彩繪的客船

背景：范成大，平江府吳縣（今江蘇蘇州）人，南宋詩人，詩風清新
　　　淺顯，晚年隱居蘇州石湖，號稱石湖居士。

譯文：送客之地的南浦一到春天滿江一片碧綠，只有通往橫塘的石橋
　　　和橫山上的紅色磚塔依然不變，每年來橫塘驛站送別親友，看
　　　到又一艘彩繪的客船繫在煙雨濛濛的垂柳岸邊，令人充滿了依
　　　依不捨的離別之情。

四時田園雜興 · 其二

作者：宋 范成大

梅子金黃杏子肥，麥花雪白菜花稀。
日長籬落無人過，唯有蜻蜓蛺蝶飛。

註解：麥花：蕎麥花。籬落：籬笆。蛺蝶：蝴蝶的一種。

背景：范成大，平江府吳縣（今江蘇蘇州）人，宋代詩人，擅寫田園詩，晚年隱居蘇州石湖，號稱石湖居士。

譯文：梅雨過後梅子金黃而杏子也長肥了，蕎麥花開得白如雪，而油菜花掉得稀稀疏疏，此時白晝開始變長，屋前的籬笆沒什麼人經過顯得安靜，倒是蜻蜓和蝴蝶成群飛來飛去。

春日田園雜興 · 其七

作者：宋 范成大

寒食花枝插滿頭，舊裙青袂幾扁舟。
一年一度遊山寺，不上靈岩即虎丘。

註解：雜興：即興創作的詩歌。寒食花枝插滿頭：南北朝時江淮之間
　　　就有寒食節（清明節）家家折柳插門的習俗，而安徽、蘇州等
　　　地也有插芥花或柳枝於頭上或繫於衣帶的風俗。舊裙青袂：指
　　　穿著絳紅色裙子和青色衣裳的年輕婦女。幾扁舟：乘著幾條船
　　　出遊踏青。靈岩：蘇州靈岩山。虎丘：蘇州虎丘，內有雲岩寺塔、
　　　劍池，有吳中第一山的美譽。

背景：范成大，宋代詩人，詩風清逸淡遠，晚年隱居石湖，自稱石湖
　　　居士，在此他完成其最有名的《四時田園雜興》共六十首，
　　　這組詩主要記述蘇州附近四季的風光和田園生活以及晚年的感
　　　悟。

譯文：清明節時人人頭上插滿鮮花或柳枝，年輕婦女乘船出遊踏青，
　　　一年一度春遊山中寺院，不是去靈岩山就是去虎丘。

晚春田園雜興 ‧ 其三

作者：宋 范成大

蝴蝶雙雙入菜花，日長無客到田家。
雞飛過籬犬吠竇，知有行商來買茶。

註解：竇：狗出入的牆洞。

背景：范成大，宋代詩人，平江府吳縣（今江蘇蘇州）人，晚年隱居
石湖，自稱石湖居士，在這裡他完成了其名著《四時田園雜興》
共六十首，本詩即是其中一首。

譯文：蝴蝶在菜花田中雙雙飛舞，平時也沒什麼客人會到農家來，忽
然雞飛過籬笆，狗從牆洞中吠叫，就知道有商人過來買茶。

冬日田園雜興 · 其六

作者：宋 范成大

放船閒看雪山晴，風定奇寒晚更凝。
坐聽一篙珠玉碎，不知湖面已成冰。

註解：凝：凝固，結凍。篙：撐船用的竹篙。

背景：范成大，宋代詩人，晚年隱居故鄉蘇州石湖，常在蘇州一帶遊
歷山水並描寫田園風光和農家生活情景，他最有名的詩作便是
《四時田園雜興》共六十首，分春日、晚春、夏日、秋日、冬
日五部分。

譯文：乘船在湖上漂行，悠閒地望著遠山雪後初晴，風停了以後感覺
更加寒冷，入暮之後好像四周都快凍結了。坐在船艙忽然聽到
外面竹篙砸破冰凌的聲音宛如珠玉碎了一地，才知原來湖面已
經結冰了。

曉出淨慈寺送林子方 · 其二

作者：宋 楊萬里

畢竟西湖六月中，風光不與四時同。
接天蓮葉無窮碧，映日荷花別樣紅。

註解：曉：破曉、天剛亮時。淨慈寺：始建於五代，原名永明禪院，
南宋時改稱淨慈寺，在今杭州西湖南岸，南屏山下，與雷峰塔
相對。林子方：即林枅，字子方，詩人的朋友。四時：四季，
這裡指六月以外的其他時節。接天：與天空相接。別樣：特別，
不一樣。

背景：公元1187年下屬兼好友的林子方要去福州任職，楊萬里在西
湖附近的淨慈寺送別友人，寫下這首詩。

譯文：時值盛夏，畢竟西湖的六月與其他時節的風光不同，碧綠的蓮
葉與天相接一望無際，映著陽光的荷花開得特別嫣紅豔麗。

宿新市徐公店・其一

作者：宋 楊萬里

籬落疏疏一徑深，樹頭新綠未成陰。
兒童急走追黃蝶，飛入菜花無處尋。

註解：宿：住宿。徐公店：姓徐人家開的酒店。新市：今浙江湖州德
清縣新市鎮（地點有爭議）。籬落：籬笆。疏疏：疏疏落落。
一徑深：一條深遠的小路。陰：同蔭，指樹蔭。菜花：開花的
蔬菜。

背景：楊萬里，宋代詩人，詩與尤袤、范成大、陸游齊名，並稱「南
宋中興四大家」，公元 1192 年，他任職建康（今南京），新
市位於臨安（今浙江杭州）和建康之間，是往返南宋國都和自
己寓所的必經之路，此詩當是詩人于途中住宿停留時所作（此
事尚有爭議）。

譯文：沿著疏疏落落的的籬笆，有一條小路通向遠方，樹頭剛長的嫩
葉尚未成陰，兒童急著追捕黃色的蝴蝶，不料黃蝶飛入菜花叢
中就找不到了。

小池

作者：宋 楊萬里

泉眼無聲惜細流，樹陰照水愛晴柔。
小荷才露尖尖角，早有蜻蜓立上頭。

註解：泉眼：泉水出口。惜：愛惜、吝惜。晴柔：柔和的晴天。小荷：
剛長花苞的荷。

背景：楊萬里，吉州吉水（今江西吉水）人，宋代詩人，與陸游、尤袤、
范成大並稱爲南宋「四大中興詩人」。

譯文：泉眼無聲細細地放出流水，樹陰映著水面這樣晴朗柔美的天氣
令人喜愛，荷花尖尖的小花苞才剛露出水面，這時早有蜻蜓飛
來立在它的上頭。

小池｜宋

水口行舟‧其二

作者：宋 朱熹

鬱鬱層巒夾岸青，春山綠水去無聲。
煙波一棹知何許？鵜鴂兩山相對鳴。

註解：水口：在今福建古田縣水口鎮，位於古田溪和閩江交匯處，古
　　　稱閩關，宋代設有水口寨。鬱鬱：樹木茂盛綿密。層巒：重疊
　　　的山巒。春山綠水：一作春溪流水。煙波：水氣氤氳。棹：划
　　　船的槳，此處指小船。知何許：一作知何處。鵜鴂：即杜鵑鳥，
　　　又稱布穀鳥。兩山相對鳴：隔江相對鳴叫，此亦有暗喻黨爭之
　　　意。

背景：朱熹，南劍州龍溪（今福建龍溪）人，宋代理學家、教育家、詩人，儒學集大成者，世尊稱為朱子。南宋慶元年間韓侂冑擅權，公元 1196 年他在「慶元黨禁」的風暴中被削職，黨禁之爭愈下，晚年的朱熹去官之後何去何從，心中未定，他和他的學生幾人從閩北乘船南下古田作了此詩。這詩共有兩首，起先朱熹乘船穿著蓑衣經過一夜的風雨，隔天早上天氣放晴，青山綠水依然如舊，接下來寫了第二首即本詩。

譯文：鬱鬱蒼蒼的山巒重重疊疊，春天山中的溪水流走無聲無息，水面煙波之上，我這一葉扁舟要駛往何處呢？此刻只覺江岸兩山的杜鵑鳥相對啼叫不止。

絕句

作者：宋 志南

古木陰中繫短篷，杖藜扶我過橋東。
沾衣欲濕杏花雨，吹面不寒楊柳風。

註解：陰：同蔭，指樹蔭。繫：拴著。短篷：小船。篷：船上遮陽避
　　　雨的篷子，此代稱船。杖藜：藜，草本植物，莖可做拐杖。杏
　　　花雨、楊柳風：江南地區清明節前後杏花盛開時下的雨叫杏花
　　　雨而楊柳此刻發青所吹的春風叫楊柳風。

背景：志南，南宋僧人，志南是他的法號，真實姓名不詳，能作詩。

譯文：在古老的大樹蔭下我把小船拴在河邊，拄著藜杖慢慢走過石橋
　　　的東邊，江南的杏花時節細雨綿密如絲，沾在衣服上要濕不
　　　濕，柳絮花開的春風迎面吹來已無寒意。

遊園不值

作者：宋 葉紹翁

應憐屐齒映蒼苔，小扣柴扉久不開。
春色滿園關不住，一枝紅杏出牆來。

註解：不值：沒有遇到。憐：憐惜、愛惜。屐：木屐。柴扉：門扉。

背景：葉紹翁，龍泉（今浙江龍泉）人，南宋詩人，曾為官，後來隱居錢塘（杭州古稱）西湖之濱多年。葉紹翁作此詩之前，詩人陸游即有：「楊柳不遮春色斷，一枝紅杏出牆頭」的詩句。

譯文：江南的春天，前去拜訪一位朋友，輕輕扣了友人園子的門扉許久沒人開門，我心想也許主人憐惜他路面的青苔，怕被我腳上的木屐踩壞，失望之餘正要離去，忽然抬頭看到一枝紅色的杏花伸出牆來，才驚覺整個園子裡面早已百花綻放，春色正豔。

白梅

作者：元 王冕

冰雪林中著此身，不同桃李混芳塵。
忽然一夜清香發，散作乾坤萬里春。

註解：著：置入、生長。此身：指白梅。乾坤：天地。

背景：王冕，浙江紹興諸暨人，元代詩人、畫家，擅長畫梅。

譯文：白梅在冰雪林中生長，不和桃李混在一起開花而淪落在世俗的
塵埃當中，忽然一夜之間梅林花海綻放散發著陣陣清香，化作
了天地間的萬里春天。

題龍陽縣青草湖

作者：元末明初 唐珙

西風吹老洞庭波，一夜湘君白髮多。
醉后不知水在天，滿船清夢壓星河。

註解：龍陽縣：即今湖南常德市漢壽縣。青草湖：位於洞庭湖的西南
　　　部，因湖的附近有青草山故得名，青草湖與洞庭湖一水相接，
　　　故青草湖也泛稱洞庭湖。西風：秋風。湘君：堯的兩個女兒女
　　　英和娥皇，嫁給舜爲妃，舜帝南巡崩於蒼梧之野，葬于九嶷山
　　　（今湖南南部永州市寧遠縣境內），二妃聞訊前來弔喪，至湘
　　　江水域因悲傷過度眼淚沾滿了斑竹，最後投江自盡化爲湘江女
　　　神，後世稱爲湘君和湘夫人。

背景：唐珙，字溫如，會稽山陰（今浙江紹興）人，元末明初詩人，
　　　他輾轉飄泊到洞庭湖西南的青草湖時，醉後乘船於湖上，寫下
　　　此詩，但創作年代不詳。

譯文：秋風吹皺了洞庭湖的波瀾，一夜之間薄霜散落在湖岸的青草上
　　　好像湘江女神增了許多白髮，喝醉酒後沒察覺整個夜空映在澄
　　　清的湖面上，在睡夢恍惚之間泊舟飄蕩好像自己就枕臥於星河
　　　之上。

明

題畫

作者：明 于謙

江村昨夜西風起，木葉蕭蕭墮江水。
水邊搋蓼正開花，妝點秋容畫圖裡。
小舟一葉弄滄浪，釣得鱸魚酒正香。
醉後狂歌驚宿雁，蘆花兩岸月蒼蒼。

註解：西風：秋風。蕭蕭：落葉之聲。搋蓼，水邊植物，開白色或淺
　　　紅色小花。

背景：于謙，錢塘（今浙江杭州）人，明永樂年間進士，清廉剛正，
　　　官至少保，憂國憂民，忠心義烈，明英宗時被奸臣誣陷謀反而
　　　被冤殺，死後葬于西湖，與岳飛、張煌言並稱「西湖三傑」。

譯文：江村昨夜吹起秋風，樹上落葉紛紛墜入江中，水岸邊的荻蓼正
　　　開著淺紅色的小花，把秋天的景致妝點得像一幅圖畫，駕一
　　　葉扁舟泛行在茫茫波濤之上，釣到的鱸魚正好烤來配上一罈美
　　　酒，喝醉了高歌一曲驚飛了晚上棲息的大雁，此刻江水兩岸的
　　　蘆花映在一片蒼茫的月色之中。

題牡丹仕女圖

作者：明 唐寅

牡丹庭院又春深，一寸光陰萬兩金。
拂曙起來人不解，只緣難放惜花心。

註解：拂曙：拂曉、天剛亮。

背景：唐寅，字子畏或伯虎，吳縣（今江蘇蘇州）人，號六如居士、
　　　桃花庵主，書詩畫皆通，尤擅長水墨寫意和花鳥人物工筆，年
　　　輕時因受徐經科舉考試弊案牽連，失意仕途，後縱酒江湖，埋
　　　首書詩畫，自成一家。

譯文：春末的庭院深處牡丹綻放了，這樣的良辰美景勝過萬兩黃金，
　　　天剛亮就起身出屋，旁人都不能理解，他們哪知道我恐怕花兒
　　　凋謝，一早就去探視，這樣的惜花之心呢？

菊花

作者：明 唐寅

故園三徑吐幽叢，一夜玄霜墜碧空。
多少天涯未歸客，盡藉籬落看秋風。

註解：菊花：東晉陶淵明愛菊，此後菊花也喻為隱者或高潔之士。故
　　　園：故里家園。三徑：漢代蔣詡辭官隱居鄉里，宅院中闢三徑，
　　　後世喻為隱居故里。幽叢：清幽的花叢，此指菊花。玄霜：厚霜，
　　　也指一種仙藥。籬落：籬笆。

背景：唐寅，字伯虎，蘇州府吳縣（今江蘇蘇州）人，明代詩人，善
　　　書畫，與祝允明、文徵明、徐禎卿合稱「吳中四才子」。年輕
　　　時曾捲入徐經科考弊案，被貶為小吏，恥不就任後浪蕩江湖，
　　　埋首於詩酒書畫，自成一家。

譯文：今早家園的小路上菊花在幽幽的角落悠然綻放，好像是昨天從
　　　夜空墜落的霜露一樣潔白，有多少天涯未歸的遊子，只能透過
　　　籬笆望盡這秋天的景致聊表對故鄉的思念。

桃花庵歌

作者：明 唐寅

桃花塢裡桃花庵，桃花庵裡桃花仙。
桃花仙人種桃樹，又摘桃花換酒錢。
酒醒只來花前坐，酒醉還來花下眠。
半醒半醉日復日，花落花開年復年。
但願老死花間酒，不願鞠躬車馬前。
車塵馬足貴者趣，酒盞花枝貧賤緣。
若將富貴比貧者，一在平地一在天。
若將花酒比車馬，他得驅馳我得閒。
別人笑我太瘋癲，我笑他人看不穿。
不見五陵豪傑墓，無花無酒鋤作田。

註解：桃花塢：故址位於蘇州古城閶門附近。桃花庵：唐寅在桃花塢建的別業。庵：小草屋。車馬：指達官顯貴。酒盞：酒杯。驅馳：受他人指揮、派遣，此指爲權貴效力奔走。五陵：原指漢代的五座皇陵，皇陵四周圍繞著富家豪族，後來代指豪門貴族。鋤：剷平、耕作。

背景：唐寅，字子畏或伯虎，年輕時才氣橫溢，曾於應天府（今南京）鄉試中過解元（鄉試第一名），後來入京受科考弊案的誣陷牽連，功名被革除，此後絕意仕途，歷經生活磨難，公元1505年三十六歲時他回老家，於蘇州城閶門附近的桃花塢建了一座別業名叫桃花庵，種花作畫縱酒自娛並自號桃花仙人，在此他看穿了功名富貴的虛幻，於是寫下此詩，此後以賣畫維生，直至終老。

譯文：桃花塢裡有間叫桃花庵的小草屋，小草屋裡住著一位桃花仙，桃花仙喜歡種桃樹，花開之時摘些桃花換酒錢，喝酒醒了就來花前坐坐，喝醉了就到花下小睡一下，每天都是半醉半醒之間，而這樣歷經花開花落年復一年，寧願在花下喝酒如此終老歸天，不願在達官顯貴面前卑躬屈膝阿諛奉承，車水馬龍是富貴之流的志趣，喝酒賞花才是我們貧賤人家的緣分和愛好，若將他人的富貴和我的貧賤來比，一個在天一個在地，若將我的花酒所好和他們的車馬相比，他們爲權貴忙碌奔波，我卻悠閒自樂，別人笑我太過狂放不羈，我則笑人們還沒看透人生世事，你們看那些曾經風光一世的五陵皇族豪門貴冑的墓冢，如今不都已經毀敗荒蕪也沒鮮花美酒祭拜，最後皆被剷平化作耕田了。

桃花庵歌｜明｜

臨江仙

作者：明 楊慎

滾滾長江東逝水，浪花淘盡英雄。

是非成敗轉頭空。

青山依舊在，幾度夕陽紅。

白髮漁樵江渚上，慣看秋月春風。

一壺濁酒喜相逢。

古今多少事，都付笑談中。

註解：臨江仙：原爲唐教坊曲名，後用作詞牌名。東逝：向東流逝。
英雄：自古長江兵家必爭，歷史上無數英雄豪傑在此一爭天下。
漁樵：漁人、樵夫，此處是指不問世事的隱者。渚：江邊沙洲。

背景：楊慎，號升庵，四川新都（今成都市新都區）人，明代文學家、詩人，與解縉、徐渭並稱明代三大才子。公元 1524 年楊慎因得罪明世宗而遭廷杖後被充軍雲南永昌（今雲南保山市），發配途中他帶著枷鎖被軍士押解到江陵（今湖北荊州）時，面對長江滾滾，懷古思今，有感而發寫下了這首詩。

譯文：長江滾滾的流水向東而逝，在浪花起落之間，自古多少英雄豪傑在此如水沫飛散。是非成敗一轉眼就如過往雲煙，然而不管人事跌宕，改朝換代，這兩岸青山依舊存在，而太陽照樣日出日落。你看那江邊沙洲上白髮蒼蒼的隱者，不問世事，波瀾不驚，已經看慣了江面的秋月和春風以及人世間的變化。他們只管帶著一壺濁酒高興對飲，古今多少興亡往事，都在彼此的談論笑聲中隨風飄散。

韶村夜泊

作者：明 談應祥

蘆葦弄秋聲，輕舟泊晚汀。
客情成鶴夢，人跡似流萍。
橫渡炊煙暗，障川漁火明。
倚檣閒眺處，片月逼人情。

註解：韶村：即韶村漾，位於今浙江湖州市德青縣新市鎮。泊：停船。
　　　汀：水邊的小洲。客情：旅客或遊子的情懷。鶴夢：飛逝遙遠
　　　的夢。流萍：流動的浮萍。障川：河流的屏障，即河岸。檣：
　　　船上掛風帆的木杆。片月：半圓之月，即弦月。

背景：談應祥，明代詩人，生平不詳。本詩是他描述夜泊江南水鄉的
　　　情景和感懷。

譯文：秋風吹著蘆葦颯颯作響，晚上小船停泊在小洲上，友人毫無音
　　　信像飛逝的夢，他的蹤跡似流水的浮萍已不知去處，行船橫渡
　　　江面民家都已熄燈入睡，只剩河岸邊上漁火依然通明，倚著船
　　　上的桅杆眺望遠處，天邊的弦月令人感傷動情。

玉蘭

作者：明 睦石

霓裳片片晚妝新，束素亭亭玉殿春。
已向丹霞生淺暈，故將清露作芳塵。

註解：霓裳：神仙的衣裳，此處指輕柔飄拂的舞衣。束素：一束絹帛，
形容女子腰身細柔。玉殿：宮殿的美稱。丹霞：紅霞，此處比
喻色彩紅豔綺麗。清露：清澈的露水。芳塵：指落花。

背景：睦石，鎮江府丹陽人，明代詩人，生平不詳。本詩作者把玉蘭
比擬成一位身段優美的仙女。

譯文：片片花瓣像輕柔的舞衣，而顏色像晚宴新化的彩妝，花朵纖細
的腰身像美人亭亭玉立於春天的宮殿，曾經如彩霞豔紅的花姿
已經褪色漸漸凋謝，即便落地沾著清澈的露珠也要帶著芳香化
爲塵土老去。

清

曉過鴛湖

作者：清 查慎行

曉風催我掛帆行，綠漲春蕪岸欲平。
長水塘南三日雨，菜花香過秀州城。

註解：曉：破曉、清晨。鴛湖：即鴛鴦湖，一名南湖，在今浙江嘉興
　　　南部。蕪：叢生雜亂之草。春蕪：春天的草地。長水塘：在今
　　　浙江嘉興之南，注入鴛鴦湖。秀州城：即今浙江嘉興市，古代
　　　吳越置秀州，治所在今嘉興。

背景：查慎行，海寧（今浙江海寧）人，清代詩人，康熙年間進士，
　　　爲當時東南詩壇領袖。此詩是作者晚年春遊之作。

譯文：清晨的春風催送著我的船隻前行，碧綠的江水漲到快與堤岸的
　　　草地齊平，長水塘連續下了三天的雨，油菜花茂盛生長香氣飄
　　　過了整個秀州城。

竹石

作者：清 鄭燮

咬定青山不放鬆，立根原在破岩中。
千磨萬擊還堅勁，任爾東西南北風。

註解：青山：此處泛指布滿岩石的地表或山嶺。磨：磨礪。擊：打擊。
爾：你，此指風。

背景：鄭燮，號板橋，世稱板橋先生，江蘇興化人，清代著名書畫家，
「揚州八怪」的代表人物。乾隆年間中進士，曾在山東范縣、
濰縣當縣令，爲官清廉有爲，因爲民賑災之事忤逆大官，罷官
求去，後客居揚州以賣畫爲生，他只畫蘭、竹、石。公元 1762
年，七十歲時畫了一幅《竹石圖》，這首就是畫中的題詩。此
詩其實也是表達了詩人心志高潔，歷久彌堅的風骨，畫中的竹
子就是詩人的化身，詩人人生歷經許多挫折失敗，但從沒失意
倒下。

譯文：緊緊咬定青山不放鬆，這竹的根啊！原本就深扎挺立在岩石的
破洞縫隙中，任憑你東西南北風刮來吹去，歷經千磨萬擊還是
堅強有勁地屹立不倒。

富春至嚴陵山水甚佳

作者：清 紀昀

濃似春雲淡似煙，參差綠到大江邊。
斜陽流水推篷坐，翠色隨人欲上船。

註解：富春：富春江，為錢塘江上游的支流，位於今浙江建德市梅城鎮以下，流經桐廬縣、富陽縣的一段水域。嚴陵：此指富春山麓，東漢光武帝劉秀時，高士嚴光（字子陵）不願出仕，曾隱居于此，後世建有釣台，故名。參差：高低不齊。推篷：拉開船篷。

背景：紀昀，字曉嵐，清代詩人，乾隆年間進士，曾受命主持編撰《四庫全書》，詩與袁枚齊名，有「南袁北紀」之稱。富春江由梅城鎮至嚴子陵釣台這段水域，江水平闊，奇峰對峙，風景絕佳，詩人遊歷之後讚嘆不已，寫下此詩。

譯文：行船富春江上，兩岸翠綠的山色高低不齊，那映在江面的景致猶如一幅畫，有時濃得像春天的雲彩有時淡得像薄薄的煙靄，斜陽日暮流水無聲令人不禁推開船篷坐在船頭飽覽風光，此時江面倒映的翠色好像隨著人要到船上來。

桐江作四首 · 其一

作者：清 袁枚

桐江春水綠如油，兩岸青山送客舟。
明秀漸多奇險少，分明山色近杭州。

註解：桐江：即富春江的上游，由建德市梅城鎮至桐廬縣城的一段水域。

背景：袁枚，錢塘（今浙江杭州）人，清代詩人，乾隆年間進士，曾任江寧（今南京）知縣，三十三歲父親亡故，辭官養母，購置園林名爲隨園，自號倉山居士、隨園主人，與趙翼、蔣士銓合稱「乾隆三大家」，另詩與紀昀（字曉嵐）齊名時稱「南袁北紀」。

譯文：桐江春天的水色翠綠而明亮，行船江面兩岸青山相對送我東歸，隨著清朗秀麗的景色漸多而奇峰險灘減少，層巒山色愈加分明之際我就知道靠近杭州了。

湖上雜詩

作者：清 袁枚

葛嶺花開二月天，遊人來往說神仙。
老夫心與遊人異，不羨神仙羨少年。

註解：葛嶺：東晉道士葛洪煉丹修道成仙的山嶺，此處泛指有祭拜神
仙道觀或廟宇的山嶺。

背景：袁枚，錢塘（今浙江杭州）人，清代詩人，乾隆年間進士，曾
任江寧（今南京）知縣，三十三歲父親亡故，辭官養母，購置
園林名爲隨園，自號倉山居士、隨園主人，與趙翼、蔣士銓合
稱「乾隆三大家」。

譯文：葛嶺的春花在農曆二月開放，來此絡繹不絕的遊客大家都羨慕
嶺上的神仙，我的心境卻與他們不同，我不羨慕神仙倒是羨慕
那些少年正值他們青春年華的大好時光。

綺懷‧其十五

作者：清 黃景仁

幾回花下坐吹簫，銀漢紅墻入望遙。
似此星辰非昨夜，為誰風露立中宵。
纏綿思盡抽殘繭，宛轉心傷剝後蕉。
三五年時三五月，可憐杯酒不曾消。

註解：綺懷：美麗的情懷。銀漢：銀河。

背景：黃景仁，字仲則，陽湖（今江蘇常州）人，清代詩人，詩富盛名，
一生窮愁不遇。年輕時曾和自己表妹兩情相悅，但因故不果，
寫回憶傷感之作《綺懷》共十六首，本詩爲其中之一。

譯文：多少次坐在花下吹簫，望著妳走入紅牆好像相隔一條遙遠的銀
河，如今這樣的星辰已經不是昔日美好浪漫的星辰，這樣的不
眠夜我又是爲誰站立在曉風露水之中呢？纏綿悱惻的思念幻滅
猶如絲已抽盡的殘繭，百轉千折受傷的心像一層層被剝離的芭
蕉心，十五月夜回想多年的離別惆悵，可憐的我借酒消愁的日
子從沒停過。

論詩五首・其二

作者：清 趙翼

李杜詩篇萬口傳，至今已覺不新鮮。
江山代有才人出，各領風騷數百年。

註解：李杜：李白、杜甫。不新鮮：缺少時代的新意。江山：指國家。
才人：俱有才華之人。風騷：原指《詩經》中的「國風」和屈
原的《離騷》，此泛指在文學上的成就引領時代的風潮。

背景：趙翼，陽湖（今江蘇常州）人，清代詩人，著名史學家，乾隆
年間進士，對於詩歌創作提倡要有時代的新意，不能一昧承襲
古人，不求進步。

譯文：李白和杜甫的詩篇偉大因而後人傳誦千年，但是此等歷史的豐
碑延續到現在顯得停滯不前，如今缺乏時代的新意，其實每個
朝代都會有才華洋溢的人才出世，他們的文學成就不斷躍進各
自引領時代的風潮直達數百年。

論詩五首・其二｜清｜

己亥雜詩

作者：清 龔自珍

浩蕩離愁白日斜，吟鞭東指即天涯。
落紅不是無情物，化作春泥更護花。

註解：吟鞭：詩人的馬鞭。東指：東方故里。落紅：落花。

背景：龔自珍，浙江仁和（今浙江杭州）人，清代詩人。道光年間曾
在北京爲官，因朝廷日益腐敗沒落，公元 1839 年（己亥年）
他 48 歲時辭官南歸，離開京城回歸故里後，定居於蘇州府昆
山縣（今蘇州昆山），雖身在辟野但仍默默堅守著一顆報國之
心。在辭官之後他創作了三百一十五首絕句，取名《己亥雜
詩》，本詩爲其中之一。

譯文：在午後的斜陽裡我的離愁浩蕩如海無邊無際，策馬揚鞭東回故
里而京都這一別就是相隔天涯，落花不是無情之物，它凋零之
後回歸塵土化作養分依舊滋潤著未來的花朵。

村居

作者：清 高鼎

草長鶯飛二月天，拂堤楊柳醉春煙。
兒童散學歸來早，忙趁東風放紙鳶。

註解：鶯：黃鶯。紙鳶：風箏。

背景：高鼎，浙江仁和（今浙江杭州）人，清代詩人。

譯文：農曆二月青草生長黃鶯飛躍，堤岸邊上楊柳搖曳在春天的煙靄
　　　裡令人陶醉，村裡的兒童放學回來了，時間還早，趕緊趁著東
　　　風把風箏放上天。

現代

雨巷

作者：戴望舒

撐著油紙傘，獨自彷徨在悠長，悠長又寂寥的雨巷，
我希望逢著一個丁香一樣地結著愁怨的姑娘。
他是有丁香一樣的顏色，丁香一樣的芬芳，丁香一樣的憂愁，
在雨中哀怨，哀怨又彷徨。

她彷徨在這寂寥的雨巷，撐著油紙傘，
像我一樣，像我一樣的行著，冷漠、淒清，又惆悵。
她靜默地走近、走近，又投出太息一般的眼光。
她飄過像夢一般的，像夢一般的淒婉迷茫，
像夢飄過一枝丁香地，我身旁飄過這女郎，
她靜默地遠了、遠了，到了頹圮的籬墻。

走盡這雨巷，在雨的哀曲裡，消了她的顏色，散了她的芬芳，
消散了，甚至太息般的眼光，丁香般的惆悵。
撐著油紙傘，獨自彷徨在悠長，悠長又寂寥的雨巷，
我希望飄過一個丁香一樣地結著愁怨的姑娘。

註解：頹圮：敗壞崩塌之貌。太息：嘆息。

背景：戴望舒，浙江杭州人，民國初年之中國現代詩人、翻譯家。年
輕時曾留學法國，回國後與卞之琳等人創辦過《新詩月刊》，
也和艾青等人主編文學雜誌。這首詩雖然詩中出現的是江南女
子，但事實上透露作者本人對自身情感的彷徨和憂愁，戴望舒
也因為這首詩而留名，並被冠以「雨巷詩人」的封號。

把自己還給江南

作者：楊塵

對坐垂柳岸邊　無語
水面的倒影　宛如桌前的碧螺春
一樣翠綠透徹
誰要先開口說起
駐留一座城市的理由　以及
未來　何去何從
是　雨後的煙柳　晨光的荷塘　疏桐的皓月
還是　雪霽的臘梅
是　明前的龍井　初夏的鱸魚　菊月的毛蟹
還是　寒夜的紹興
其實我們都明白
物質的放棄　就意味著
一種精神的分離
偶有小船的搖櫓蕩漾著
這樣平靜的午後
好像水過無痕似的　順手載走了
所有的歡樂與憂愁
倚在長廊臨河的圓柱　一人一根
併行的身影揉碎在斜陽的波輝裡
下雨了　同心圓漣漪的臉孔
水中分分合合
方桌前　遞給你一杯剛沏的清茶
算是回敬　蜻蜓受飲蓮花甘露一樣的宿緣
留給你　所有歲月共同走過的城市
我只想把自己還給
細雨黃昏的江南

古鎮

作者：楊塵

一條緩緩流動的小河
是古老文明體內淤積的腸道
飄搖的水草中間
悠游著歷代繁衍下來的鯽魚
水底泥沙匍匐的田螺
是時光掩埋過後喧囂退縮的觸角
斑駁的戲台淺唱著昔日的歌謠
拱形的石橋
彎弓著歲月滄桑的脊梁

朝代更迭之後
被歷史遺忘的小鎮
隱匿在發黃的一張版圖的邊緣
家道中落的後裔
遷徙去遙遠的城市
踽踽歸來的腳步
卻是一張張陌生過客的臉龐

把前朝往事　一一散落
在巷弄與院落的斜影裡
走過春天的繁華
你若見河面上
一樹苦楝低頭花開
鏤空的木窗邊
清晨的波光裡
曾經有我輕妝淡紫的容顏

古鎮 | 現代

醉江南

作者：楊塵

天山飄雪黃河急
北風狂嘯雲影移
牧野蒼狼共對月
群燕無邊亂紛飛
胡楊暮垂金沙流
霧裡江南柳色青
飲罷長江千杯酒
還敎故鄉萬里路
臥看風竹忽遠近
心橫東西催無眠
天涯為伴星斗垂
露花不語心憔悴
踏遍前塵覓今生
夢中紅顏誰與似

桂花酒

作者：楊塵

翻開塵封舊卷
妳打八百年前的長廊走來
那桂花漬在紫色霓裳的餘香
恐是今生相認唯一的信物了
而映留在微揚嘴角的笑容
卻牽繫著深藏往事的觸動

而觸動啊！
在月夜的桂樹
在六角窗前的移影
在石階上散落的金蕊
以及八月的風亭

當年那一夜離別
我們滿滿飲下的黃花酒
一直沉澱在飄蕩多年的心底
仿若一罈發酵不止的老酒
至今還流淌在
我泛紅的臉頰
就好似那時
我醉倚在妳溫柔懷裡
久久不願醒來

夜思

作者：楊塵

柳絮銀花飛赤壁
黃葉梧桐落東湖
春花秋月不待人
知己紅塵難相遇
身無天馬乘風雲
心有青鳥銜故音
最是多情漢江水
不分季節自在流

隱

作者：楊塵

霧　飄過腳下那道年輪斑駁的山門
就像當初我來時一樣　了無蹤影

波若心經
沿著木魚堅硬地迴盪在　迷惘心底
菩薩面前　我沒合掌
卻把雙手圍抱在混沌天庭
曼珠沙華　偶爾開在我寂寥的黑夜
佛眼如珠　穿透袈裟裡面皮囊的蠢動
晨光投射在每日供養的曼陀羅
就像我當年一樣清澈爛漫
金剛杵震碎我矗立山頂那顆高傲的心啊！
當時有著銅牆鐵壁護欄

曼陀羅花　白色如昨
已經沏好的茶
是我注入剛剛
燃燒著
用一把歲月磨鈍的斧
劈開牆角那些風吹雨打過
散亂如我年少傲骨般的堆柴
煮開的水

霧　飄過腳下深樹掩映的禪房
薄茶裡　連漪著我微涼的過往
而風啊！　莫笑我
曾經也是一個長髮飄逸的少年

隱｜現代

回憶

作者：楊塵

流星劃過天際的夜晚
沒有人可以留住那燦爛的光芒
韶華飛逝
如果有什麼可以手書
我壯年征途的回憶
唯有小詩
記述一個江南女子的溫柔
寫在初春剛開的卷軸
一朵玉蘭綻放的笑容。

後記

　　那些與江南有關的風情逸事與歷史塵煙，自古文人以詩記述創作它的美麗與哀愁，如今在古鎮的小橋流水旁仍舊吟唱，在老城的春花秋月中依然歌詠；編著江南詩選讓我走過江南大地一遍，探尋湖山，造訪古寺，流連街市，遊賞園林，與詩人精神相往還，重新夢迴江南千百回。

作者簡介

　　楊塵（本名楊文智，英文名 Jack）台灣科技大學電子工程系畢業，曾從事於台灣的半導體和液晶顯示器科技產業，先後任職聯華電子、茂矽電子、聯友光電、友達光電和群創光電等科技公司。緣於青年時期對文學、歷史、藝術和攝影的熱情，離開科技職場之後曾自行創業，經營過月光流域葡萄酒坊和港式飲茶餐廳。現為自由作家，主要從事攝影、詩集、散文、歷史文學、旅遊札記、生活美學、創意料理和美食評論等專題創作。

楊塵攝影集（1）

我的攝影之路：用光作畫

慢慢自己才發現，原來虛實交錯之間存在一種曼妙的美感⋯⋯

楊塵攝影集（2）

歲月走過的痕跡

用快門紀錄歲月走過的痕跡，生命的記憶又重新倒帶。

楊塵攝影集（3）

印象江南

江南在文藝、手工、貿易、園林、建築、飲食文化和戲曲表演方面都有很高的成就。作者親臨古鎮探訪多年，用相機記錄一幕幕江南水鄉如詩如畫。

楊塵攝影集（4）

花影集：中國古典美學攝影

取材於山水人文，以中國水墨特寫為主體，融入西方印象派光影效果，呈現出當代畫意攝影美學。

楊塵攝影集（5）

花雅集：中國古典美學攝影

以中國水墨特寫為主體，並不斷追尋以西方印象派光影和光彩效果來呈現畫面的一種美學，從而表現中國寫意繪畫「虛實相生」的概念。

楊塵攝影文集（1）

石之語

有時我和那石頭一樣堅硬，但柔軟的內心裡，想要表達的皆已化成了石頭無盡的言語。

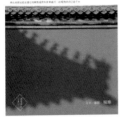

楊塵攝影文集（2）

**歷史的輝煌與滄桑：
北京帝都攝影文集**

歷史曾經在此走過它的
輝煌盛世和滄桑歲月，
而驀然回首已是千年。

楊塵攝影文集（3）

**歷史的凝視與回眸：
西安帝都攝影文集**

歷史曾經在此凝視它的
輝煌盛世，而回眸一瞥
已是千年。

楊塵攝影文集（4）

花之語

花不能語，她無言地訴
說心中的話語；人能言，
卻埋藏著許多花開花落
的心事。

楊塵攝影文集（5）

**天邊的雲彩：世界名
人經典語錄**

幻化無窮的雲彩攝影搭
配世界名人經典語錄，
人世的飄渺自此變得從
容。

楊塵攝影文集（6）

攝影旅途的奇妙際遇

攝影的旅途上，遇到很
多人生難得的際遇，那
些奇妙的際遇充滿各種
驚豔、快樂、感動和憂
傷。

楊塵攝影文集（7）

**中國文人盛事紀要
五千年**

在五千年歷史的長河
裡，中國文人盛事紀要
璀璨如天上繁星，作者
化繁為簡把其中最重要
和精彩的部分，以精煉
的文字配上如歷史一面
鏡子的窗攝影照片，交
織成一本以華夏文明經
典作品為主要目錄的簡
介，也是一本中國文學
導讀的入門書。

楊塵攝影文集（8）

江南詩選

以中國歷史上的廣義江南地區為編選範圍，挑選漢、晉、南北朝、唐、五代十國、宋、元、明、清、現代等各朝代有關江南人文逸事和風采的詩篇，透過註解、背景解析和譯文，呈現圖文並茂和詩情畫意，具有古典藝術氣息的一本詩選。

楊塵私人廚房（1）

我愛沙拉

熟男主廚的 147 道輕食料理，一起迎接健康、自然、美味的無負擔新生活。

楊塵私人廚房（2）

家庭早餐和下午茶

熟男私房料理 148 道西式輕食，歡聚、聯誼不可或缺的美食小點！

楊塵私人廚房（3）

家庭西餐

熟男主廚私房巨獻，經典與創意調和的 147 道西餐！

楊塵生活美學（1）

峰迴路轉

以文字和照片共譜的生命感言，告訴我們原來生活也可以這麼美！

楊塵生活美學（2）

我的香草花園和香草料理

好看、好吃、好栽培！輕鬆掌握「成功養好香草」、「完美搭配料理」的生活美學！

吃遍東西隨手拍（1）

吃貨的美食世界

一面玩，一面吃，一面
拍，將美食幸福傳遞給
生命中的每個人！

走遍南北隨手拍（1）

凡塵手記

歌詠風華必以璀璨的青
春，一本用手機紀錄生
活的攝影小品。

楊塵詩集（1）

紅塵如歌

詩歌源於生活，在工作
與遊歷中寫詩和拍照，
原本時空交錯而各不相
干，後來卻驚覺元素一
致或者意境重疊，發現
人生的歡樂與憂愁其實
就是一首詩。

楊塵詩集（2）

莽原烈火

詩就是心中言語，作者
把在現代社會所歷經的
現實和當下庶民生活工
作的情景，以直白的詩
語表達了心中熱烈的情
感。

國家圖書館出版品預行編目資料

江南詩選／楊塵著. --初版.--新竹縣竹北市：楊
塵文創工作室，2024.3
　　面；　公分.——（楊塵攝影文集；8）
ISBN 978-626-95734-6-2（精裝）
1.CST: 詩歌 2.CST: 攝影集
831　　　　　　　　　　　　　112016194

楊塵攝影文集（8）
江南詩選

作　　者　楊塵
攝　　影　楊塵
發 行 人　楊塵
出　　版　楊塵文創工作室
　　　　　302新竹縣竹北市成功七街170號10樓
　　　　　電話：（03）667-3477
　　　　　傳真：（03）667-3477
設計編印　白象文化事業有限公司
　　　　　專案主編：黃麗穎　經紀人：張輝潭
經銷代理　白象文化事業有限公司
　　　　　412台中市大里區科技路1號8樓之2（台中軟體園區）
　　　　　出版專線：（04）2496-5995　　傳真：（04）2496-9901
　　　　　401台中市東區和平街228巷44號（經銷部）
　　　　　購書專線：（04）2220-8589　　傳真：（04）2220-8505
印　　刷　基盛印刷工場
初版一刷　2024年3月
定　　價　400元